옹혜야
어절씨구
옹혜야

옹헤야
어절씨구
옹헤야

김상훈 엮음

보리

겨레고전문학선집을 펴내며

우리 겨레가 갈라진 지 반백 년이 넘어서고 있습니다. 그러나 함께 산 세월은 수천, 수만 년입니다. 겨레가 다시 함께 살 그날을 위해, 우리가 함께 한 세월을 기억해야 합니다.

예부터 우리 겨레가 즐겨 온 노래와 시, 일기, 문집 들은 지난 삶의 알맹이들이 잘 갈무리된 보물단지입니다.

그동안 남과 북 양쪽에서 고전 문학을 되살리려고 줄곧 애써 왔으나, 이제껏 북녘 성과들은 남녘에서 좀처럼 보기 어려웠습니다.

북녘에서는 오래 전부터 우리 고전에 깊은 관심과 사랑을 보여 왔고 연구와 출판도 활발히 해 오고 있습니다. 그 가운데 〈조선고전문학선집〉은 북녘이 이루어 놓은 학문 연구와 출판의 큰 성과입니다. 〈조선고전문학선집〉은 가요, 가사, 한시, 패설, 소설, 기행문, 민간극, 개인 문집 들을 100권으로 묶어 내어, 고전을 연구하는 사람들과 일반 대중 모두 보게 한, 뜻 깊은 책들입니다. 한문으로 된 원문을 현대문으로 옮기거나 옛글을 오늘의 것으로 바꾼 성과도 놀랍고 작품을 고른 눈도 참 좋습니다. 〈조선고전문학선집〉은 남녘에도 잘 알려진 홍기문, 리상호, 김하명, 김찬순, 오희복, 김상훈, 권택무 같은 뛰어난 학자분들이 머리를 맞대고 연구한 성과를 1983년부터 펴내기 시작하여 지금도 이어 가고 있습니다.

보리 출판사는, 조선민주주의인민공화국 문예 출판사가 펴낸 〈조선고
전문학선집〉을 〈겨레고전문학선집〉이란 이름으로 다시 펴내면서, 북녘
학자와 편집진의 뜻을 존중하여 크게 고치지 않고 그대로 내는 것을 원칙
으로 삼았습니다. 다만, 남과 북의 표기법이 얼마쯤 차이가 있어 남녘 사
람들이 읽기 쉽게 조금씩 손질했습니다.

이 선집이, 겨레가 하나 되는 밑거름이 되고, 우리 후손들이 민족 문화
유산의 알맹이인 고전 문학이 지니고 있는 아름다움을 제대로 맛보고 이
어받는 징검다리가 되기 바랍니다. 아울러 남과 북의 학자들이 자유롭게
오고 가면서 남북 학문 공동체가 이루어지는 날이 하루라도 앞당겨지기
바랍니다. 그리고 이 자리를 빌려, 어려운 처지에서도 이 선집을 펴내 왔
고 지금도 그 작업에 몰두하고 있는 북녘의 학자와 출판 관계자들에게 고
마운 마음을 전합니다.

2004년 11월 15일
보리 출판사

차례

옹헤야 어절씨구 옹헤야

불어라 딱딱 풀무야

팔월이라 한가위는 밝고 밝아

산에 산새 들에 들새 강에 강새

노래 한 장 지어주소 꽃노래 지어주소

달아 달아 밝은 달아

금수강산 일천 리 눈 아래 경개로다

■ 일러두기

1. 《옹혜야 어절씨구 옹혜야》는 북의 문예 출판사에서 1983년에 펴낸 《가요집 1》과 《가
   요집 2》를 다시 분류하여 보리 출판사가 펴내는 것이다.

2. 엮은이와 북 문예 출판사 편집진은 다음과 같은 원칙으로 《가요집》을 편집했다. 보리
   편집부는 문예출판사의 뜻을 존중하는 것을 큰 원칙으로 하였다.
   ㄱ. 고조선부터 고려 때 노래까지는 시대순으로 분류하였고, 그 뒤의 노래들은 내용에
      따라 분류하였다.
   ㄴ. 고대 가요는 원문과 옛 표기를 그대로 두었으나, '아래 아'를 비롯 옛 자음과 옛 모
      음은 쓰지 않았다.
   ㄷ. 노래의 특성을 살리기 위해, 뜻을 알기 어렵거나 표기를 확정하기 힘든 것은 그대로
      두었다. 다만 잘못된 기록인 것이 분명하고 뜻이 통하지 않는 것은 바로잡았다.
   ㄹ. 배경 이야기가 함께 전해지는 노래들은 되도록 그 사연을 밝혔다.
   ㅁ. 사투리나 입말들도 대부분 그대로 두었다.

3. 맞춤법과 띄어쓰기는 '한글 맞춤법'을 따랐다.
   ㄱ. 한자어들은 두음법칙을 적용했고, 단모음으로 적은 '계'나 '폐'자를 '한글 맞춤
      법'대로 했다.
      예 : 렬녀→열녀, 률조→율조, 간폐→간폐

   ㄴ. 'ㅣ' 모음동화, 사이시옷, 된소리 따위의 표기도 '한글 맞춤법'대로 했다.
      예 : 찌여 보세→찌어 보세, 건너방→건넛방, 일군→일꾼

어화
우리 농부들아

오곡 잡곡 심은 것을 가지가지 추수한 후
산에 올라 나무 베고 물에 가서 고기 잡아
국 끓이고 밥 지어서 부모처자 단취하여
재미있게 밥 먹으니 태평세상이 아닌가
어화 우리 농부들아 천하대본 농사로세

농부가 1

어화 우리 농부들아 동편 산에 봄이 왔네
눈이 녹아 냇물 되고 버들잎이 푸릇푸릇
농사 때가 되었으니 농장기를 잡자세라

높은 밭에 서속 심고 낮은 논에 벼를 갈아
분전 제초 근히 하니 우순풍조 풍년이라[1]

오곡 잡곡 심은 것을 가지가지 추수한 후
산에 올라 나무 베고 물에 가서 고기 잡아
국 끓이고 밥 지어서 부모처자 단취하여[2]
재미있게 밥 먹으니 태평세상 이 아닌가

어화 우리 농부들아 천하대본 농사로세

---

1) 밭에 거름 주고 김매기를 부지런히 하니, 비와 바람도 순조로워 풍년이라.
2) 정답게 함께 모여.

농부가 2

사해 창생 농부들아 일생 신고辛苦 원망 마라
사농공상 생긴 후에 귀중할손 농사로다
만민지행색萬民之行色이요[1] 천하지대본이라

입립 총총[2] 백성들아
작야에 불던 바람에 적설이 다 녹았구나
우리 농부 재 내어라 춘분 시절이 이때로다

뒷동산의 살구꽃은 가지가지 봄빛이요
앞 못의 창포잎은 층층이 움 돋는다
곳곳의 포곡성[3]은 춘색을 재촉하니
장장하일 긴긴날에 해는 어이 쉬이 가노

앞 남산에 비 져온다 누역 사립 갖추어라
밤이 오면 잠깐 쉬고 잠을 깨면 일이로다

---

1) 모든 사람의 직분이요.
2) 수없이 많다는 뜻.
3) 뻐꾹새 소리.

녹양방초 저문 날에 석양풍이 건듯 부니
호미 메고 입장구에 이 또한 낙이로다

일락황혼 저문 날에 달을 끼고 걷는 걸음
동네로 돌아오니 시문4)에 개 짖는다
너는 무삼 나를 미워 꽝꽝 짖는 네 소리에
사람 정신 놀라도다

---

4) 사립문.

농부가 3

농부 일생 무한 일하니
춘경추확이 연년사라[1]

(후렴) 허럴럴 상사디야
　　　가지난 저절철 봄철이로다

사래 청사 장차난 밭에[2]
어절철 매구나 놀자 (후렴)

벼랑 냉천 길어다 시원하게 마신 후에
천하 대부[3] 힘을 쓰자 (후렴)

장차난 이 밭에 가래장판 돌피장판[4]
언제 곤해 매려느냐 (후렴)

---

1) 농부는 한평생에 쉴 날이 없으니 봄갈이 가을걷이는 해마다 되풀이하는 일이라.
2) 이랑이 길고 매기 힘든 밭에.
3) 천하대본. 농사가 세상 모든 일에 근본.
4) 가래와 돌피는 풀 이름. 장판은 장이 선 곳을 이르는 말로 장이 선 것처럼 잡초가 많다는 뜻.

천리 추마⁵⁾ 채를 쳐서 천하 명승 구경한 후
천하 대부 힘을 쓰자 (후렴)

여보 여보 우리 마누라 시장한데 진지 지웁서
앞배 뒷배 불룩한데 김이나 흠썩 매 보세 (후렴)

알락 바둑 주리 감장개⁶⁾는 날 보고 짖는구나
가지나 저절철 매다가 쉬다 가세 (후렴)

---

5) 빨리 달리는 좋은 말.
6) 털이 얼룩덜룩한 바둑이와 배를 주린 검정개.

농부가 4

서 마지기 논배미가 반달만치 남았구나
제가 무슨 반달인가 초생달이 반달이라

서울이라 유달안의 달 돋는 게 보기 좋원
상주 함창 공갈못[1]에 잉어 노는 게 보기 좋원

충청 복숭은 주절주절 열렸네
황새야 덕새야 어디 가 자고 왔나

수양 청청 버들 속에 휘늘어지게 자고 왔나
어위예 어위예 계니[2] 논배미를 어위세

---

1) 상주 함창 땅에 있는 공갈못. 공갈못은 공검지라고도 하는 못 이름.
2) 거기.

농부가 5

시화세풍 태평시에 평원광야 농부들아
우리 아니 강구 미복康衢微服[1]으로
동요 듣던 옛사람의 버금인가
얼럴럴 상사듸

함포고복哺鼓腹[2] 우리 농부 천추만세 즐거워라
얼럴럴 상사듸

옛사람이 쓰던 장기 우리들이 물려받아
유서 깊고 정든 땅에 온갖 곡식 다 가꾸니
우리 농부 하는 역사役事[3] 그 아니 귀중한가
얼럴럴 상사듸

해 저물어 집에 들어 초당에 드러누워
남창 북창 열어 놓고 달빛을 바라보니

---

1) 강구는 사방으로 두루 통하는 번화한 큰 길거리. 미복은 지위가 높은 사람이 백성들 몰래 살피러
   나왔을 때 입는 남루한 옷차림을 말한다.
2) '배불리 먹고 배를 두드린다.'는 뜻으로 태평한 세상을 뜻한다.
3) 농사일.

월중의 항아씨[4]도 나를 반겨 웃는구나
얼럴럴 상사듸

마누라 어서 오소 야삼경 밤이 좋아
죽림에 불던 바람 잠든 듯 멎었으니
천지간 좋은 자미 이 또한 낙이로세
얼럴럴 상사듸

---

4) 달 속에 산다는 선녀.

농부가 6

이 시절이 어느 땐고 태곳적 시절인가
얼럴럴 상사뒤요

왕이라도 어진 왕은 들에 나와 따비[1] 잡고
논밭을 갈았으니 근들 아니 농부런가
얼럴럴 상사뒤요

진 처사 아무개도 전원장무田園將蕪[2] 것권물
주는 원을 마다하고 돌아가 밭을 가니 근들 아니 농부런가
얼럴럴 상사뒤요

여보소 농부들아 한출첨배汗出沾背[3] 세지 말고
천하대본 힘을 쓰소
얼럴럴 상사뒤요

---

1) 풀뿌리를 뽑거나 밭을 가는 데 쓰는 농기구.
2) 논밭과 동산이 황무지가 됨.
3) 땀이 나서 등을 적신다.

고동군하苦冬窘夏[4] 다 지내고 농가 신선 팔월 달에
얼럴럴 상사뒤요

남전북답 추수하여 앞뒤 뜰에 노적하고
왕세국곡王稅國穀[5] 치른 후에 부모 봉양하여 보세
얼럴럴 상사뒤요

저 건너 갈미봉 비 무리 들어온다
우장을 두르고서 지심을 매세
얼럴럴 상사뒤요

종꽁밥 호박국을 포식하고 양주 부처 함께 누워
짚베개 멍석 이불 매짝 같은 몸덩이를
소시랑 손으로 끼거 당기어 태평가로 놀아 보세
얼럴럴 상사뒤요

---

4) 괴로운 겨울과 힘든 여름.
5) 왕세와 국곡은 모두 나라에 바치는 세금과 공납.

농부가 7

앞집에 동무네야 뒷집에 동무네야
매화대 꺾어 쥐고 일광이 돋았으니
이슬 털러 안 갈랑가

서울이라 왕대밭에 금비둘기 알을 놓아
그 알 하나 주웠더면 금년 과거 내 할꾸로

서울 양반 양피나 배자¹⁾ 금강 처녀 솜씨로다
유리야 장판 도벽방²⁾에 굼실굼실 놀아난다

저 건너라 노양강에 고기 낚는 첨지들아
이내 일신 건져다가 육지 밖에 놓아 주소

울뭉 창밖에 저 청깨굴아 오던 길을 향해 가라
자던 용이 구부를 치면 너 목숨이 없으리라

---

1) 양털가죽으로 만든 부녀자들이 입는 웃옷.
2) 벽에 종이나 흙을 바른 방.

난들산이³⁾는 오를 땐가 매자구⁴⁾는 내릴 땐가
썰써리 어데 갔노 썰써리 산에 갔소
오거들랑 보고 가소

---

3) 저녁에 나무에 오르는 새 이름.
4) '매자구, 매자구' 하며 우는 새.

산유화 1

산유화[1]혜 산유화야
저 꽃 피어 농사일 시작하여
저 꽃 지더락 필역畢役[2]하게
얼럴럴 상사뒤 어여뒤여 상사뒤

산유화혜 산유화야
저 꽃 피어 번화함을 자랑 마라
구십소광[3] 잠깐 간다
얼럴럴 상사뒤 어여뒤여 상사뒤

■ 《증보문헌비고》 백제 가요 조에, "백제에 '산유화'라는 노래가 있어 널리 불렸으며 백제가 망한
다음에도 그 노래는 길이 남아 있어 백성들의 사랑을 받으며 불렸다."는 기록이 있다.
　　18세기 초에 학자이며 시인인 김사질은 "지금 호남 지방에서 불리고 있는 '산유화'라는 농사 노
래는 백제 왕이 남긴 노래이다. ······ 지금 한 농부가 '산유화'를 부르면 많은 농부가 '얼럴럴' 소
리를 하면서 화답하는데 그 '얼럴럴'이라는 것이 곧 '산유화'의 본조이다."라고 기록하였다.
　　김태준이 쓴 《조선가요집성》(1934) 백제 고가편古歌篇에 실린 '산유화' 해제에, 이 노래는 고적
보존회가 발행한 '백제 사적 소개판'에 실린 것이라 하였다.
　　'산유화'는 '메나리'라고도 하는데 모심기나 김매기 때 불렀다.
1) 산에 핀 나리꽃. 모심기철에 핀다.
2) 일을 끝마치는 것.
3) 소광韶光은 춘광春光과 같은 말로, 화창한 봄 석 달이라는 뜻.

취령봉[4]에 날 뜨고 사비강에 달 진다
저 달 떠서 들에 나와
저 달 져서 집에 돌아간다
얼럴럴 상사뒤 어여뒤여 상사뒤

농사짓는 일이 바쁘건만
부모처자 구제하니 뉘 손을 기다릴꼬
얼럴럴 상사뒤 어여뒤여 상사뒤

부소산 높아 있고 구룡포 깊어 있다
부소산 평지 되고 구룡포도 평원 되니
세상일 누가 알꼬
얼럴럴 상사뒤 어여뒤여 상사뒤

---

4) 옛 백제 땅에 있는 봉우리 이름.

산유화 2

어듸후후야 시내섬곡[1] 가리 갈까마귀야
잔솔밭을 넘어 굵은 솔밭으로 넘어가는구나

(후렴) 허허후후야 가리 갈까마귀야 이후후

동무네야 벗님네야 어서 가자 바삐 가자
점심도 늦어가고 술도 늦어간다 (후렴)

산천초목은 젊어가고 우리 부모는 늙어간다
공산낙목 일분토에[2] 왕후 자제도 한번 가면 그만이다 (후렴)

■ 《조선가요집성》(1934)에, 이 노래는 당시 경상북도 지방에서 유행하는 '산유화'로 이재욱李在郁
  이 채록했다고 하였다.
1) 땅 이름.
2) 잎 떨어진 빈 산 무덤에.

산유화 3

인절미라 절편골에 장인 장모 팥밭 맨다

(후렴) 어리후후야 가리 갈까마귀야

팥밭이야 맨다마는 김이 짙어 난사로다 (후렴)
어젯밤에 큰비 오고 오늘 아침 우박 치니 (후렴)
굵은 삼대 쓰러지고 가는 삼대 주저앉네 (후렴)
구시월 찬바람에 백설이 분분 어인 일인가 (후렴)
그게 무슨 백설이오 훨훨 나는 노화[1]라오 (후렴)
앞서거니 뒤서거니 김매시는 두 동서야 (후렴)
김매다가 날이 지면 저녁 진지 뉘 지을래 (후렴)
이산 저산 나리꽃은 봄바람에 난출난출 (후렴)
이골 저골 흐르는 물은 밤소리가 처량하다 (후렴)

---

1) 갈대꽃.

어화 농사 장하도다

한 톨 종자 싹이 터서 만 곱쟁이 열매 맺는
신기로운 이 농사는 하늘땅의 조화로세
어화 농사 일꾼들아 어화 농사 장하도다

하늘땅의 조화로다 갖은 곡식 다 지어서
천하 만민 기르는 것 우리들의 일이로세
어화 농사 일꾼들아 어화 농사 장하도다

넓은 세상 직업 중에 천지자연 동무 삼고
힘을 합쳐 하는 일이 농사밖에 어디 있나
어허 농사 일꾼들아 어허 농사 장하도다

비바람을 무릅쓰고 아침부터 저녁까지
땀 흘리기 일을 삼아 농사 발전 시켜 보세
어허 농사 일꾼들아 어허 농사 일꾼들아

천하지대본이 농사라니

천하지대본이 농사라니 농사나 지어 보자

어떤 전답 부쳤는가
높은 데는 밭이로다 낮은 데는 논이로다
건답 수답을 부쳤는데 어떤 볍씨 심었는가
여주 이천에 자채벼[1] 진포 통진에 밀따리[2]
광주 분원에 사발벼 한 줌 두 줌에 모아벼
적게 먹었다 홀쭉벼 많이 먹었다 등터지벼
마당 쓰레기 검불벼 우물 곁에 샘다리[3]
시집 못 가니 갈시찰 껄껄 푸드득 장끼찰 메고 나니 가사찰

벼농사도 하려니와 조이농사도 지어 보자
어떤 조를 심었더냐 뭉게뭉게 개똥차조
다닥다닥 도적조며 짝짝 바라진 괘발차조
예다 저다 심어 놓고 콩농사도 하여 보자

---

1) 올벼의 하나로 품질이 우수하다.
2) 늦벼의 하나로 꺼끄러기가 없고 빛이 붉다.
3) 올벼 중에 산올벼를 이르는 말.

올콩졸콩 청대콩 나이 많다 백태콩
이팔청춘에 푸르대콩 새까맣다 포수콩
도감 포수에 감장콩 방정맞은 쥐눈이콩

천리 타향에 강낭콩 오롱촉패 비단팥을
예다 저다 심었는데 칠팔월이 넌짓 되니
아랫동네 초군도 윗동네 선머슴도
선술잔 먹은 김에 꼭뒤상투 꺼떡거리며
외목낫을 둘러메고 앞 논배미 들어가서
길같이 자란 벼 어이얼레 비어다가
앞 논두렁에 걸어 놓고 뒤 논배미 들어가서
길같이 자란 벼 뒤 논두렁에 걸어 놓고
져들이고 여들일 제 우마 없어 못 쓰겠다

어떤 우마를 맸던가 외사복엔 각용마[4]
내사복엔 내용마 우걱부리며 작박부리[5]
쌍쌍 굴레 노구거리 별백이 사족발이[6]
꽁지 없는 동경소[7]를 어이 끌끌 몰아다가

---

4) 사복시는 궁중의 가마와 말을 관리하는 관아로 외사복과 내사복이 있다. 용마는 매우 잘 달리는
   좋은 말.
5) 우걱부리는 뿔이 안으로 구부러진 소. 작박부리는 작고 끝이 뒤틀린 뿔을 가진 소.
6) 노구거리는 소뿔이 둘 다 안으로 꼬부라졌는데 그중 하나는 높고 하나는 낮은 소뿔. 별백이는 흰
   점이 박힌 말. 사족발이는 네굽이 모두 흰 말.
7) 경주에서 주로 키우는 꼬리가 짧은 소.

나갈 적에는 빈 바리요 들어올 적엔 찬 바리
우걱부걱 실어다가 앞마당에는 앞 노적 뒷마당에는 뒤 노적
앞에 노적 싹이 나고 뒤에 노적 묵어갈 제
난데없는 벙덕새⁸⁾ 상상봉 자리 보고 중상봉 새끼 쳐서
한 나래 슬쩍 펴면 수천 석 쏟아지고
또 한 나래 슬쩍 펴면 억수만석이 쏟아지니
지화자 좋을시고

---

8) 부엉이와 덕새. 모두 풍년을 상징하는 새들이다.

얼럴럴 상사디야

땅땅 좋으니 농사가 좋구나
땅땅 좋은데 무슨 농사 할까
땅땅 좋으니 벼농사를 하세
땅땅 좋은데 어떤 벼를 지을까

얼럴럴 상사디야 얼싸 좋구나
얼럴럴 상사디야 얼싸 좋구나

우리 형님 잔치벼 옥백미 사발벼
많이 먹어 등터벼 우물가엔 샘치벼
마당 쓰레 검불벼 적게 먹은 홀쭉벼
대풍바람 불어오니 어서 빨리 지어라

땅땅 좋으니 농사가 좋구나
땅땅 좋은데 무슨 농사 할까
땅땅 좋으니 콩농사나 하여 보세
땅땅 좋은데 어떤 콩을 지을까

얼럴럴 상사디야 얼싸 좋구나

얼럴럴 상사듸야 얼싸 좋구나

올콩졸콩 청대콩 나이 많아 백태콩
천리타향 강낭콩 새까맣다 검정콩
방정맞아 쥐눈이콩 오롱쵸백 비단팥
대풍바람 불어오니 어서 빨리 지어라

땅땅 좋으니 농사가 좋구나
땅땅 좋은데 무슨 농사 할까
땅땅 좋으니 조농사나 하세
땅땅 좋은데 어떤 조를 지을까

얼럴럴 상사듸야 얼싸 좋구나
얼럴럴 상사듸야 얼싸 좋구나

만알백이 왕옥조 뭉개뭉개 개똥조
짝짝 발린 패발조 여기저기 그루조
자작자작 도적조 맛 좋다 떡차조
대풍바람 불어오니 어서 빨리 지어라

땅땅 좋으니 농사가 좋구나
땅땅 좋은데 무슨 농사 지을까
땅땅 좋으니 외농사나 하여 보세
땅땅 좋은데 어떤 외를 지을까

얼럴럴 상사듸야 얼싸 좋구나
얼럴럴 상사듸야 얼싸 좋구나

개골개골 왁참외 개똥밭에 떡참외
금은보화 황참외 할멈 좋은 꿀참외
누나 얼굴 홍참외 소담스런 수박외
대풍바람 불어오니 어서 빨리 지어라

땅땅 좋으니 농사가 좋구나
땅땅 좋은데 무슨 농사 지을까.
땅땅 좋으니 실과농사 하여 보세
땅땅 좋은데 무슨 실과 지을까

얼럴럴 상사듸야 얼싸 좋구나
얼럴럴 상사듸야 얼싸 좋구나

뒷태산의 살구배 길 나그네 아구배
계룡산의 수정배 황주 분원 능금배
주렁주렁 포도배 애기 좋은 덩시감
대풍바람 불어오니 어서 빨리 지어라

땅땅 좋아서 농사가 좋구나
땅땅 좋아서 가득가득 지었네
가득가득 지었는데 우마 작아 큰일났네

가득가득 지었는데 어떤 우마 쓰겠나
아래 동리 초근동 뒷동리 선머슴
외목 낫을 둘러메고 어이 얼래 오너라
넓은 길엔 각역마 좁은 길엔 내역마
우걱뿔에 짝짝불 쌍쌍 굴레 노적발
별박이 사족발 꽁지 없는 동경소로
가득가득 지었으니 어이 얼래 져 나르세

땅땅 좋아서 대풍년이 들었네
청주 바람 불어서 왕대추 떨어진다
앞마당 뒷마당엔 노적가리 그득그득
우리 부친 땀 흘린 은혜의 갚음일세
집집마다 토광마다 억수만석 들어오니
상상봉에 풍덕새가 나래를 슬쩍 편다
풍년일세 대풍이야 두둥둥 북이 운다
대대손손 대풍으로 부귀영화 누려 가세

저문 날에

일락황혼 저문 날에 달을 띠고 걷는 걸음
동리로 돌아오니 사립문에 개 짖는다

청삽사리 홍삽사리 얼룩개도 반갑구나
사립문 열고 서니 아이놈이 반겨 웃네

마누라 저녁 늦다 걱정을랑 하지 말게
마른나무 지고 오네 올벼도 훑어 오네

이 농사를 어서 지어

이 농사를 어서 지어
앉은 성군 봉양하고
상효부모上孝父母 모신 후에
하육처자下育妻子를 거쳐 내고
어린 자식을 길러 내자

이 농사를 어서 지어

청산에는 뻐꾸기요 화산에는 꾀꼬리라
온갖 새들 날아와서 농사일을 권면하니
우리 농부 직심으로 이 농사를 어서 지어
건곤 무진乾坤無盡 좋은 세상 걱정 없이 살아 보세

이 농사를 어서 지어

이 농사를 어서 지어 부모 봉양 한 연후에
일가친척 모여 앉아 화목하게 살쟀더니
일진광풍에 비구름이 몰려들어
간절한 이 소원이 허물어져 버렸구나

이 농사를 어서 짓세

석양은 재를 넘고
잘새도 날아가네
이 농사를 어서 짓세
여름 가면 가을일세

이 농사를 지어서는

농부로다 농부로다
천하대사의 농부로다
이 농사를 지어서는
부모 공경 할랬더니
관청 구실 너무 많아
일년 노고 허사로다

이 농사를 이리 지어

불볕을 등에 지고
진흙물에 들어서서
이 농사를 이리 지어
그 누구와 먹자느냐

어화 우리 농부들이

봄에 밭 갈아 씨 뿌린 후엔
우순풍조雨順風調[1]가 제일이라
춘하추동 사시 순환
농사짓자 생겼다네

어화 우리 농부들이
으뜸가는 사람일세
나라 살림 부모 봉양
우리 아니고 뉘가 하노

---

1) 비와 바람이 순조로운 것.

어화데화 농사꾼아

웅기중기 바위마다
진달래는 우거지고
압록강수 이천 리에
떼는 둥실 내려온다

어화데화 농사꾼아
쟁기 메고 어서 가자
인간 천지 만사 중에
농사일이 으뜸이다

어허라 농군님네

어허라 농군님네
비 안 온다 한탄 마라
하늘이사 유심하여
안개구름에 비 감추었다

저 건너 갈미봉에
저 비가 모두 뭉쳐 오면
우장 삿갓을 단속하고
논꼬마다 물을 잡자

앞 남산에 비 져온다

앞 남산에 비 져온다
누역 사립 갖추어라
큰 물꼬는 에워 내고
작은 물꼬 다 막아라

담배 모종 떠나갈라
오이밭에 물이 들라
소도 닭도 몰아넣고
우리 먹이[1] 마련해라

녹양방초 저문 날에
석양풍이 건듯 불면
흐린 날이 개어 오고
입장단이 절로 난다

---

1) 우리에서 가축을 먹일 사료.

앞 남산에 비 져온다

앞 남산에 비 져온다
누역 사립 갖추어라
밤이 오면 잠깐 쉬고
잠을 깨면 일이로다

녹양방초 저문 날에
석양풍이 언듯 불어
호미 메고 입장구에
그 또한 낙이로다

올해도 가물 들어

올해도 가물 들어
지난해나 마찬가지
한봄이 다 가도록
우장 젖을 비도 없다

구렁배미[1] 첫모 내고
높은 데는 다 말랐네
온 들판이 묵어버려
마을까지 연닿았네

---

1) 논판이 낮아서 언제나 물기가 있는 논배미.

눈비 맞고 썩은 집에

눈비 맞고 썩은 집에
육화꽃[1]이 만발하네
피땀으로 가꾼 들판
설한풍이 스산하네

---

1) 눈꽃. 눈송이 모양이 여섯 모로 된 것을 보고 이르는 말.

옥 같은 쌀로 밥을 지련만

순순히 벼가 자라
옥 같은 쌀이 되면
상글상글 밥을 지어
만백성을 먹이련만
무슨 놈의 샛바람[1]에
피던 벼꽃 다시 지노

---

1) 동풍.

이 논에 모를 심어

이 논에 모를 심어 감실감실 영화로다
저 산에 과실 따서 주저리주저리 영화로다

산중의 귀물은 멀구[1]나 다래지만
이 세상 귀물은 우리 둘이라네

---

1) 머루의 사투리.

앞들에 못자리 바삐 서둘러

강남서 온 제비 제집을 찾으니
봄빛은 나날이 짙어만 가누나
앞들에 못자리 바삐 서둘러
이 해도 한바탕 풍년가 부르세

상사데야

천암산 앞에 우리네 논밭 편편한 옥토가 아닐쏘냐
랄라랄 상사데야

높은 데 가면은 밭이 되고 낮은 데 가면은 논이 되네
랄라랄 상사데야

언덕 아래는 팥밭이오 마을 문전에 옥답이라
랄라랄 상사데야

바람이 불고 비 오는 날에 농부 근심은 논밭이로다
랄라랄 상사데야

밭 가운데 우물이 있어 그 우물 속에 달이 떴다
랄라랄 상사데야

해 뜬 날에는 일을 하고 달 뜬 밤에는 놀고 가자
랄라랄 상사데야

논밭 타령

동촌에 지락전이요 남촌에 일등전이라
서촌에는 서석전이요 북촌에는 북악전이라
순안에 암치네 열두 삼천리벌 평양에는 보통벌이요
중화에는 삼지벌이요 황주에는 녹새벌이요
신재령 나무리벌이요 봉산에 태성이벌이요
함경도에는 함흥벌 강원도 소새벌
정주에는 납천리벌 영변에 덕산리벌
상원 삼등 목화밭이요 양덕 성천 삼밭이요
연안 배천에 마늘밭이요 송도에 인삼밭이요
장진 갑산에 귀리밭 평양 두루섬에 배추밭

풍년새나 울어 다오

소쩍새는 울지 마라
네 소리에 눈물 난다
갈까마귀 울지 마라
네 소리에 찬비 온다
까치 까치 울지 마라
편지 전할 님도 없다
저 건너 일국봉 명산 위에서
풍년새나 실컷 울어 다오

흉년 질까

청춘 과수¹⁾ 유복자는
병이 날까 근심이네
우리 조선 만백성은
흉년 질까 근심이네

장마 질까

한양 천리 가신 낭군
안 오실까 근심이오
강가에 땅 둔 사람
장마 질까 근심일세

---

1) 홀어미.

새벽달 지자마자

새벽달 지자마자
이랴 쩌쩌 소를 몰아
풀밭을 헤쳐 나가
논 갈기 시작한다

옆집 쌀 빌려 지은
밥도 아직 아니 오네
해는 벌써 뉘엿뉘엿
주린 창자 어이할까

푸른 벌 보기만 해도

앞뒤 들 푸른 벌
보기만 해도 배부르더니
추풍 소슬해[1] 누레지니
지주 마름이 또 설치누나

---

1) 가을바람이 서늘하여.

여윈 몸 부여잡고

여윈 몸 부여잡고 호미질하노라니
한낮이 돌아오매 땀만 몹시 듣는구나

아무리 고생한들 가을할 바람 없네[1]
온 논배미 다 거두어도 한 솥이 못 차누나

관청의 세금 재촉 갈수록 심하여서
동네의 구실아치 문 앞에 와 고함친다

---

1) 가을걷이할 희망이 없네.

감내기 1

해 나려 해 나려간다 여험 해 나려 해 나려간다
수천 길 물속으로 해 나려간다

해 받아 해 받아 가시구려 여험 해 받아 해 받아 갑소
물 아래 용녀가 해 받아 가려무나

날 다려 날 다려가려무나 여험 날 다려 날 다려가렴
한양의 낭군이 날 다려가려무나

먹고지고 먹고지고 텁텁한 막걸리 한잔 먹고지고
원정 물 짚시기 돈 닷 돈짜리 낮은몰 댕기가 다 처졌다

- '감내기'는 '기나리'와 함께 황해도 노래이다. 낮에는 농사일로 바빠 주로 밤에 거름을 실어 날랐
는데, 거름을 나른 뒤 소달구지를 끌고 돌아오며 부르던 노래로, 해안 지방에서 특히 많이 불렀다.
가락이 유창하여 사람들이 많이 부르면서 타령조로 변하였다.

감내기 2

보고지고 보고지고
전에 보던 님의 얼굴 보고지고
인생 앓다 죽어지면
만추 청산 뜬구름일러라

부러진 다리를 잘잘잘 끌면서
본님만 따라가고지고
님의 생각 말자고 하였더니
잠들기 전 못 잊겠네

해 나려간다 해 나려간다
일락서산 해 떨어진다
월출동령에 달이 떠온다
보고지고 보고지고 님의 얼굴 보고지고

우수 경칩 춘분에 대동강수 풀리고
정든 님 말씀에 내 속이 풀린다

콩나물국죽 홀홀히 쪽쪽 빨면서

그래도 전기에 보던 님만 따라가고지고

물 뜰 안팎에 꼴 비는 총각
오이 한 개 받아 가지고 꼴 비어 갑소
받으라는 오이는 안 받고
요내 손목을 하담삭 쥐더라

꼴 베기 노래 1

가세 가세 꼴 비러 가세
어데로 어데로 가랴 하나
뒷산 말미등 꼴 비러 가세
네나 칭칭나네

가세 가세 꼴 비러 가세
어데로 어데로 가랴 하나
저기 소우골 꼴 비러 가세
네나 칭칭나네

꼴 베기 노래 2

기리동산 갈가무구야
날 다려가거라
나비 없는 동산에
꽃이 피어 나비 오도록 기다리네

너는 죽어 남기 되고
나는 죽어 칡이 되어
나무 위에 감거든 날 알아라

님아 님아 날 다려가거라
칼날같이 묵은 마음 풀어질 줄 누가 알리

저 건너 반 응달 반 양달 새 드렁 머리[1]
꽃바구니 앞에 끼고 나물 캐는 저 큰아가
이리 오너라 도래 고사리 여기 많다

---

1) 반은 그늘지고 반은 볕이 드는 그 사이 논두렁 머리.

낫 타령

어라지구니야 올라간다
아래 멀쑥 제대림에
우이 넓은 덧가리
잎이 길다 회색잎
대가 크다 왕댑싸리
휘다듬어 올라간다
에헤야 낫이로다
하하 상상봉 꼬드레봉
둥글넙적한 지붕으로
휘다듬어 올라들 간다
에헤야 낫이로다

산아지 타령

강산이 무너져 평토가 되면 됐지
네 맘과 내 맘이 다시 변할쏘냐

(후렴) 나지지 나지지
　　　어히 나는구나 어히 나는구나
　　　어여라 산아지[1]로구나

분경두 재판에 낭군을 잃고
그 낭군 찾기가 허사로구나 (후렴)

간장물이 얼고 소금이 쉬면 쉬었지
네 맘과 내 맘이 다시 변할쏘냐 (후렴)

▪ 산에 나뭇가지들을 모으러 다니면서 부르는 노래.
1) 산가지. 나뭇가지.

풍년가

풍년이 왔네 풍년이 왔네
금수강산으로 풍년이 왔네
지화자 좋다 얼씨구나 좋고 좋다
명년 춘삼월이라 화류놀이를 가세

봄이 왔네 봄이 왔네
삼천리 이 강산에 봄이 돌아왔네
얼씨구나 좋고 좋다
명년 봄 돌아오면 화전놀이를 가세

올해도 풍년 내년에도 풍년
연년세세로 풍년이로구나
지화자 좋다 얼씨구나 좋고 좋다
명년 하사월에 관등놀이를 가세

천하지대본은 농사밖에 또 있느냐
놀지를 말고서 농사에 힘을 쓰세
지화자 좋다 얼씨구나 좋고 좋다
명년 오뉴월에 탁족놀이[1]를 가세

저 건너 김 풍헌의 거동을 보아라
노적가리 쳐다보고 춤만 덩실덩실
지화자 좋다 얼씨구나 좋고 좋다
명년 구시월에 단풍놀이를 가세

함녕전 넓은 뜰 씨암탉 걸음으로
아기장 아기장 걸어 광한루로만 걸어간다
지화자 좋다 얼씨구나 좋고 좋다
명년 동지섣달에 설경雪景놀이를 가세

---

1) 강에 나가서 발 씻는 놀이.

옹헤야
어절씨구
옹헤야

단둘이만 옹헤야 하더라도 옹헤야

열쯤이나 옹헤야 하는 듯이 옹헤야

이러므로 옹헤야 오월 농부 옹헤야

팔월 신선 옹헤야 함이로다 옹헤야

옹헤 옹헤 옹헤야 어절씨구 옹헤야

가래질 소리

에야라차 에헤야차 가래질은 소리가 날개로다
일출동산에 돋으신 해는 벌써 반중낮 되었구나
얼른 한참에 다 막아 놓고 끝을 보잔다

우리 앞줄 동무 어데서 왔는지 맹호 같은 장수로구나
키 같은 큰 가래로 부잣집 망냥딸 고리짝만큼씩 크게 떠도
크다 작다 말도 없이 들고만 서란다

명주나 바탕에 잔주름 누비듯 잘게나 잘게 누벼만 가잔다
우리 앞줄 동무의 이마엔 구슬땀이 맺히누나
잔 등골에서 수채같이 땀이 흐르누나
얼른 한참에 이동 석축을 하고서 엽초나 담배를 한 대 먹잔다

오시던 길은 여기다 두고서 새라새 길을 잡아서 가잔다
가래질은 움켜서 내야지

▪ 농사 노래들을 계절에 따라 하는 일 순서로 실었다.
▪ 가래질은 언 땅이 풀리면서 허물어진 논둑을 다듬는 일이다. 보통 세 명이 하는데, 가랫자루를 쥐
　고 흙을 푸는 '가랫장부'가 가운데 서고 양쪽에서 가래꾼이 줄을 잡아당긴다. 가래질 소리는 한
　사람이 소리를 메기면 다른 사람들이 후렴을 받는 방식이다.

강계 무당 푸닥질하듯 허투루 뿌려선 안 된다
가랫밥이 굵은 독수리 뛰듯 씽씽 날아올라야 한다네
대소상에 제떡 고이듯 모조리 모조리 올려만 쌓아라

세월아 네월아 가지를 마라 아까운 청춘이 가래질로 늙누나
아까운 청춘이 갈 줄을 알았더면 청사 홍사로 결박을 할걸
서리 같은 백발이 내릴 줄 알았더면 십리 밖에다 가시성을 쌓을걸
이동 석축을 다하고 일망무제 논을 풀어 옥백미를 먹어 보자

가래질 노래

동산 천리 반중낮이 되었구나
우리 농민 일심동력하여 일을 많이 하자꾸나

(후렴) 에혜야 에혜야 어기여차 어

오던 길을 버리고 새 길을 잡아서
배창같이 넓은 판을 일심동력 들어내세 (후렴)

어떤 놈은 팔자 좋아
양갓 지백[1] 두쳐 쓰고 흐지부지 시끄럽다 (후렴)

사람이 중하냐 금전이 중하냐
두 가지 놓고 생각해 보자 (후렴)

괄세를 말아라
구슬 같은 땀은 이마에서 떨어진다 (후렴)

키 같은 가래는 안반 고리짝같이 떠서
잘도 들어만 내누나 (후렴)

---

1) 양갓 조박. 양갓은 서양 갓이라는 뜻으로 중절모 따위를 말한다. 조박도 머리에 쓰는 것.

긴 쇠스랑 소리

(후렴) 어 우리 쇠스랑아

명년 춘삼월이 멀다고 했더니 (후렴)
따뜻한 춘삼월이 오늘날 당했구나 (후렴)
진달래꽃이 빵끗빵끗 피었는데 (후렴)
뒷동산 뻐꾹새는 뻐꾹뻐꾹 독창한다 (후렴)

여보소 우리 동무들 일심 단결하세 (후렴)
쇠스랑덕을 바투어 쥐고 빨리빨리 데깁세 (후렴)
알락서산 해가 다 지컸다 여러 동무 얼른 잠깐 쪼고 가자 (후렴)
앞두렁은 가까워 오고 뒷두렁은 멀어간다 (후렴)

▪ '쇠스랑 소리'는 봄철에 논이나 밭을 일구면서 부르는 노래이다.

자진 쇠스랑 소리

여러 동무 빨리빨리 오소

(후렴) 어허 쪼아라 쇠스랑아

빨리빨리 쪼아 여기 일자로 세자 (후렴)
빨리빨리 쫘서 이 상사리 나가자 (후렴)
산골 처녀 부데기 치듯 해변 처녀 거이탕 치듯 (후렴)
쇠스랑덕을 바투 잡고 얼른 잠깐 쪼아 보자 (후렴)
저기 가는 저 행객은 소리 구경 길 못 간다 (후렴)
죽장 깎아 퉁소 분다
상복 벗어 춤을 추며 쪼아라 쪼아라 쇠스랑아 (후렴)

모찌기 소리

들어내세 들어내세 요 못자리 들어내세
전동 같은 팔다리로 뭉정뭉정 들어내세
나뭇가락 세가락에 날랜 가락 들어내세

쌈을 싸세 쌈을 싸세 요 못자리 쌈을 싸세
곰달잎만 쌈일런가 상추쌈도 쌈일러라
상추쌈만 쌈일런가 뚜깔쌈도 쌈일러라
무주용담 곰달잎에 요모조모 쌈을 싸세

■ 모내기를 하기 위해 모판에서 한 뼘쯤 자란 모를 뽑아 한 춤씩 묶어 내는 것을 '모찌기' 라고 한다.
뒤에 나오는 '절우자 절우자' 도 '모찌기 노래' 다.

모 찌는 노래 1

청뜨럭궁 청뜨럭궁
모 한 춤을 쪘네
모 한 춤을 찌고 나니
남산 그늘이 애돌아졌네

청뜨럭궁 청뜨럭궁
모 두 춤을 쪘네
모 두 춤을 찌고 나니
갈미봉 마루에 비 묻어오네

청뜨럭궁 청뜨럭궁
모 세 춤을 쪘네
모 세 춤을 찌고 나니
요내야 마누라 밥 이고 오네

모 찌는 노래 2

쪘네 쪘네 모를 한 짐 쪘네
여보소 계원님네 일심 져서 찌어 보세

쪘네 쪘네 너두나 한 짐 쪘으면
나두나 한 짐 쪘구나
고추장을 찌려다가 당추장을 쪘네
계란을 찌려다가 닭알을 쪘구나
백하젓 쪄 오라니까 새우젓만 쪘구나

와르릉 처르릉 여기 또 한 짐 쪘네

절우자 절우자

절우자[1] 절우자 이 모판을 절우자
절우자 절우자 유지 장판을 절우자
절우자 절우자 갈모[2] 꼭지를 절우자
어치고 저치고 대구 손으로 밀치고
절우자 절우자 가시나 오래비 절우자

---

1) '맞서 보자', '다그쳐 보자'는 뜻과 '기름에 절여 보자'는 뜻이 함께 들어 있다.
2) 비가 올 때 갓 위에 쓰는 것으로 고깔처럼 생겼다. 종이에 기름을 절여 만든다.

모내기 소리 1

(후렴) 하나 하나 하나이로구나

하나 소리를 내인 뜻은 (후렴)
이 논자리가 물채가 좋아서 (후렴)
하나 소리를 잘만 하고 보면 (후렴)
먼 데 사람은 듣기가 좋고 (후렴)
곁에 사람은 보기가 좋다네 (후렴)
곡우 전에 낙종하고[1] (후렴)
일구자고 내었다네 (후렴)
삼동허리[2]를 굽실하면서 (후렴)
없는 재주도 있는 듯이 (후렴)
굼뜬 손도 재우 재우 놀려 (후렴)
먼 데 사람 듣기 좋고 (후렴)
곁에 사람 보기 좋네 (후렴)

---

1) 곡우 전에 씨를 심고.
2) 담배 설대 중간에 물려 뺐다 끼웠다 하는 담뱃대로, 여기서는 '긴 허리'를 뜻한다.

모내기 소리

(후렴) 허나 허나 허나이로구나

이 논자리 물채가 좋아서 (후렴)

선조양으로 내어 보세 (후렴)

한 톨 종자 싹이 나서 (후렴)

만 곱쟁이 열매 맺는 (후렴)

신기로운 이 농사는 (후렴)

천하지대본일세 (후렴)

모내기 소리 2

울긋불긋 베룩 찰벼 한 번 찧고 두 번 찧어
서너 번을 찧고 나니 하얀 백미 되었구나

그 쌀을 물에 담가 세 구녕 동시루 얼른 쪄서
크나큰 떡궤다가 풍덩실 쏟아 놓고
삼사 동서 달려들어 펑펑텅텅 친 떡을

이 떡을 누굴 주리
첫 번 베어서 시아버지 상 놓고
두 번째는 베서 시어머니께 올리세
세 번째 베어 낭군께다 올려 주세

모내기 노래 1

밥 먹는 데는 반찬이 날개

(후렴) 에잉요 에잉요 에헤이 방애요

길 가는 데는 활개가 날개 (후렴)

일하는 데는 소리가 날개라 (후렴)

우리 논배미는 물채가 좋아 (후렴)

한 번 던져 천여 석이 (후렴)

두 번을 던져 만여 석이 (후렴)

주섬주섬 거둬들여 (후렴)

앞 노적과 뒤 노적 쌓니 (후렴)

밑의 곡식은 매$^{1)}$가 들고 (후렴)

중동의 곡식은 썩어나네 (후렴)

꼭대기 곡식은 싹이 난다 (후렴)

---

1) 여름철 장마 때 생기는 검푸른 곰팡이.

모내기 노래

(후렴) 어기야에 어야라 방아요

여보시오 동무네들 에오에오 방아요 (후렴)

일심동력으로 하여들 보세

농사는 천하지대본일세 (후렴)

오늘 해도 어느 땐지

산봉마다 그늘이 간다 (후렴)

빨리빨리 마치고 돌아갑시다 (후렴)

모내기 노래 2

녹수청산 흐르는 물에
임자 없는 배가 뜰까
물채 좋고 장찬 논에
푸른 모춤이 둥둥 떴네

모내기 노래

말을 몰고 꽃밭 가니
발끝마다 향내 난다
석양풍에 모를 내니
노래마다 신이 난다

모내기 노래

에헤야 에헤야 에헤야

만수산 꼭대기 구름 모았다
소나기 삼형제 거기 들었다
어헐럴럴 상사뒤

모내기 노래

네모 창밖에 그 뉘 왔나
임자 친구 내가 왔네
그 먼 길을 어이 왔나
님 도우러 내가 왔네

모내기 노래

춘삼월 꽃 핀 밤은
귀공자의 시절이요
오뉴월 무더운 때
우리 농부 시절이라

모내기 노래

낙락장송 관솔 가지
꺼진 불을 살려 내네
이른 새벽 내리는 비
마른 모를 살려 내네

모내기 노래

남방초[1]야 네가 왔나 우리 님이 보내더냐
우리 님이 보낼 적에 아무 말씀 안 하더냐
깜장 부시 달각 쳐서 담배 한 대 붙여 물자
쉬는 맛도 좋거니와 담배 맛은 더욱 좋다

모내기 노래

깜둥 부시 딸깍 쳐서
담부 한 대 먹어 보세

---

1) 담배.

담부 맛이 요러하면
쌀밥 맛은 어떠할꼬

모내기 노래

날 오란다네 날 오란다네
산골 처녀가 날 오란다네
청장미 조밥에 새우젓 놓고
혼자 먹기 싫어서 날 오란다네

여보게 저 처녀 조금만 참게
반달 같은 모판을 다 심어가네

모내기 노래

손에 잡은 모춤들은
자국마다 굽힌다네
양친 부모 모신 앞에
잔을 들고 굽힌다네

모내기 노래

바람 불고 비 내려도
들에 앉아 휴식하니
논배미를 비울쏘냐
농부 일생 고단하다

모내기 노래

가신턱산 연주봉에
점심 광주리 올라간다
오늘 점심 늦어졌다
집에 있는 큰애긴들
삶은 팥에 밥 못 하리

모내기 노래

가는 댕댕 느렁넝출 광풍에도 뻗어간다
노랑노랑 노랑 모가 무중에도 자라난다

모내기 노래

강소굴레 풍경 소리
농부들이 자고 깨네
노고지리 우는 소리
앞 들판이 잠을 깨네
개똥벌레 초롱불에
뒤 들판이 잠을 자네
자도 깨도 않는 것은
님의 무덤뿐이로세

모내기 노래

재령 금산 얽은 독에
쌀이 썩은 과하주[1]라
여보오 계원님들
차례로 어서 받소
백화만발 봄철이라
나비 한 쌍 권주하오

---

1) 소주와 약주를 섞어서 빚은 술로 여름에 많이 마신다.

모내기 노래

서 마지기 논배미가
반달인 듯 떠나온다
저 달 속에 모를 꽂아
두 벌 세 벌 김을 매면
황금 같은 벼가 나고
백옥 같은 쌀이 난다

모내기 노래

서 마지기 논배미가
반달만큼 남았구나
네가 무슨 반달이냐
초생달이 반달이지
초생달만 반달인가
그믐달도 반달일세

모심기 노래

한강에 모를 부어 그 모 찌기도 난감하다
하늘에 목화 심어 그 목화 따기도 난감하다

우리 조선 만백성은 흉년질까 염려로다
청춘 과수 유복자는 병이 날까 수심이네

물꼬 청청 헐어 놓고[1] 주인 양반 어데 갔노
문어 전복 외와 들고[2] 첩의 방에 놀러 갔네

해가 빠진 저문 날에 골골시도 연기 나네
우리야 님은 어데로 가고 연기 나는 줄 모르는고

---

1) 물이 철철 흐르도록 물꼬를 파헤쳐 놓고.
2) 오려서 들고.

모심기 노래

심어라 심어라
종종모로만 심어라
심어라 심어라
마늘모로만 심어라
심어라 심어라
일자모로만 심어라

상사뒤야

춘삼월 호시절에 꽃도 피고 잎도 피니
농사일이 한창이라 우리 농군 시절일세

(후렴) 어어여루 상사뒤야

먼 산에 안개 돌고 근산에 낙락장송
시절도 좋을시고 백학이 울음 운다 (후렴)

가지 마오 가지 마오 북망산 가지 마오
세상살이 고단해도 저 성보단 나으리다 (후렴)

젊은 한 시절이 꿈결같이 지나가니
여보게 벗님네들 허송세월 하지 마세 (후렴)

명사십리 해당화야 꽃이 진다 설워 마라
일년이 건듯 지나 명춘 삼월 다시 온다 (후렴)

남산 솔가지에 슬피 우는 두견조야
꽃 피고 잎 핀 산에 너만 홀로 애절하냐 (후렴)

이 들판에 벼가 자라 십만 석이 나고 보면
풍년 노래 입장구에 만백성이 낙이로다 (후렴)

상사디야

주석같이 탄 얼굴에 행주치마 눌러 입고
우는 아이 업은 채로 모양 없이 나오누나
얼럴럴 상사디야

아따 여보 군말 말게 그기 우리 마누랄세
갑사 비단 입혀 보게 천하일색 울고 가네
얼럴럴 상사디야

상사디야

일찍 나가서 일하다가
초혼 달 띠고 돌아와서
목욕을 하여 몸을 씻고
부모에 처자들 같이 앉아
보리밥과 국이 맛이 있네
얼럴럴 상사디야

상사로다

백구야 껑충 뛰지 마라 너를 쫓아 내 안 간다
얼럴럴 상사로다

황새야 펄펄 날지 마라 너를 잡을 내 아니다
얼럴럴 상사로다

마름아 덜렁 오지 마라 가을걷이가 멀어 있다
얼럴럴 상사로다

바람아 건듯 불지 마라 참깨 들깨 다 떨어진다
얼럴럴 상사로다

상사로데야

여보 농부들 말 들어 보게
이 농사를 어서 짓세
우리 아니면 뉘 짓겠나
앞들 뒷들 모를 심어
나라 국곡도 하려니와
부모 봉양이 늦어가네
에헤에헤 어허야
따아에루 상사로데야

상사데야

여보아라 농부들 말 들어 보게
이 논배미에다 모를 심어서
장잎이 훨훨 정자로다
에헤에헤 어허야 따여루 상사데야

상사데야

얼렐얼렐 상사데야
에레에헤루 상사데야
외배미 서 마지기
삼십 명이 심었어도
반달만치 남았네
에헤에헤 상사데야

상사소리

주저리주저리 중복숭은 가지마다 익어 있고
아그대아그대 강대추는 나무마다 열렸는데
농사일 너무 바빠 곁눈인들 팔겠는가
에에헤로 상사뒤요

이 논배미 어서 심고 저 논배미도 다 심으면
패랭이[1] 꼭지에다 장화를 꽂고서
마구라기춤[2]이나 추어를 보세
에에헤로 상사뒤요

상사소리

상사소리도 듣기도 좋다

■ 논에 모를 심으면서 부르는 노래. '못소리'라고도 한다.
1) 참대를 가늘고 길게 쪼개 엮어 만든 갓. 천인들이 썼다.
2) 패랭이를 뒤로 제끼고 추는 춤. 마구라기는 '벙거지'.

에에에헤로 상사뒤여

이 배미 심으고 저 배미 심으고
에에에헤로 상사뒤여

장구배미로 건너를 가자
에에에헤로 상사뒤여

일락서산에 해 떨어지고
에에에헤로 상사뒤여

월출동령에 달 솟아온다
에에에헤로 상사뒤여

상사소리

에헤루 상사야 상사소리를 하여 보세

(후렴) 에헤로 상사야

상사소리를 잘만 하면 먼 데 사람도 춤을 추네 (후렴)
저게 가는 저 손님도 상사소리 듣고 가소 (후렴)

넓고도 장찬 논을 상사소리로 우겨 가오 (후렴)

이 논에 벼가 자라 감실감실 영화로다 (후렴)

농사꾼이 하는 일이 천하사의 대본이라 (후렴)

억조창생 사는 길이 우리 힘에 달렸다오 (후렴)

사대로

이 배미 심으고 저 배미로 넘어가자
에헤르 사대로
논은 좋아 상답인데 인품은 와 저러노
에헤르 사대로
가스나 늙은 거 시오마니 아니가
에헤르 사대로
시오마니 밥주개는 작기도 하구나
에헤르 사대로
머슴을 그렇기 천대를 하다가
에헤르 사대로
골탕을 한번 먹어를 보아라
에헤르 사대로
서 마지기 논배미 멍석만큼 남아 있다
에헤르 사대로

사대로

이 배미 심으고 저 배미 갈거나
에헤로 사대로
저 달아 보느냐 보는 대로 일러라
에헤로 사대로
서 마지기 논배미 반달같이 떠나간다
에헤로 사대로

아요 타령

우리 농부들 다 들어섰다

(후렴) 아요 아요 에헤에요

한일자로 늘어서니 (후렴)
입구자로 꽂아 나가세 (후렴)
이 논배미 벼를 심어 (후렴)
장잎 펄펄 춤을 춘다 (후렴)
물채 좋은 우리 논에 (후렴)
백 섬지기 천 섬 난다 (후렴)
벼농사를 이렇게 지어 (후렴)
늙으신 부모 봉양하고 (후렴)
어린 자식 길러내세 (후렴)
이 논배미 얼른 심고 (후렴)
장구배미로 넘어가세 (후렴)

아요 타령

(후렴) 에요 에요 에요 에헹 에헤요

풍년이 왔네 풍년이 왔네 (후렴)

삼천리강산에 풍년이 왔네 (후렴)

여기두 홍 저기두 홍 (후렴)

저 건너 갈미봉에 (후렴)

안개비가 몰아온다 (후렴)

여보소 동무네들 (후렴)

사립을 준비하세 (후렴)

서산 낙조에 해 떨어진다 (후렴)

부지런히들 꽂읍시다 (후렴)

덩지 노래

우리 논엔 물채가 좋아 한 말지기에 열닷 섬

(후렴) 어어허야 더덩지로다

한 덩이 두 덩이 넘어갈 제 논두렁이가 실룽실룽 (후렴)
윗논의 물은 뽑아내어 아랫논에 잡아넣고 (후렴)
골채논[1]에 쌀을랑은 우리 부모 공양하고 (후렴)
높다란 논에 쌀을랑은 어린 처자 먹여 살려 (후렴)
여보게들 정신을 차리소 아차 실수 벼 포기 뜨네 (후렴)
감실감실 벼 포기는 아마도 풍년의 징조라 (후렴)
여러 동무 일심을 해서 한일자로 나가 보세 (후렴)
바삐 바삐 저 둑까지 얼른 나가 쉬어 볼까 (후렴)

■ '덩지'는 '정지整地'. 땅을 정리하여 큰 흙덩이를 없애 고르롭게 만든다는 뜻이다. 덩지 노래는
모뜨기, 땅고르기, 모내기, 김매기 등 여러 가지 농사일에 다 부른다.
1) 골짜기에 있어서 물 대기가 편한 논.

덩지 노래

감실감실 벼 포기는 둥시고 풍년일세

(후렴) 어어허야 더덩지로다

한 덩이 두 덩이 넘어갈 제 논두렁이가 실룽실룽 (후렴)
우리 논엔 물채가 좋아 한 말지기 열닷 섬 (후렴)
삐야리광지[1] 흰 저고리 점심참이 떠들어온다 (후렴)

덩지 노래

삐야리광지 흰 저고리 아마도 우리네 점심인가
어어허야 더덩지로다

황새 끼룩 산그늘 내려 아마도 우리네 쉴 참인가
어어허야 더덩지로다

---

1) 껍질 벗긴 가느다란 싸리로 결은 광주리.

덩지 노래

어허 우리 농부님들 일손을 다그치소
만산편야 너른 들이 우리 손을 기다리네
어어허야 더덩지로다

어허 우리 농부님들 노래 섞어 일을 하소
바삐 바삐 저 둑까지 얼른 나가 쉬어 볼까
어어허야 더덩지로다

덩지 노래

여보 동무 정신을 차리소
아차 실수 벼 포기 뜨네
어어허야 더덩귀로다

여보 동무 뒤돌아보소
모춤은 작고 뒷둑은 머네
어어허야 더덩귀로다

정지 노래

여게저게 널린 모야
너는 어이 말도 많나

유월의 새벽달에 심어도
줄 바르게만 심어 나가자

정지 노래

이 모 심어 자라나서
누럿누럿 가을 들면
온 들판이 영화로다

아들 낳아 장가들여
자손 만당 복 받으면
온 집안이 영화로다

정지 노래

앞집에라 유자 정자
뒷집에라 감자 정자
유달래 할미새 놀던 정자
아따 그 정자 좋은 정자

먼돌 타령

(후렴) 에양얼싸 먼돌이야

먼돌 소리 한마디에 (후렴)
바다 같은 논배미가 (후렴)
연잎만큼 남았구나 (후렴)
이 논배미로 넘어가세 (후렴)
상사소리를 잘 하면은 (후렴)
약주 삼 배를 상을 주고 (후렴)
상사소리를 못 하면은 (후렴)
냉수 세 사발 벌을 준다 (후렴)

■ 이 노래는 대체로 '정지 노래' 끝에 부른다.

우리 점심 왜 안 오노

해는 벌써 중천인데
우리 점심 왜 안 오노
주인댁의 매운 각시
해 볼 줄도 네 모르나

진 치매 짜른 치매
끄니라꼬 더디다
숟가락 반단에
세이니라꼬[1] 더디다

점심참이 늦었다오

늦었다오 늦었다오
점심참이 늦었다오
일찍었네 일찍었네

---

1) 세어 보느라고.

오늘 아침 일쩍었네

점심

삼동이야 삼동이야
맛보느라 늦었는가
뒤축 없는 신을 신고
끄으느라 늦었는가

점심 반찬 무엇 올랐던고

오늘 낮에 점심 반찬
무엇 무엇 올랐던고
함경도라 원산 고기
마리반이 올랐더라

물 푸는 소리 1

에루화 좋구나
벼 포기 너풀너풀 보기나 좋은데
가을에 가면은 가색稼穡[1]이나 할는지
하나 둘 셋이라 넷 다섯 여섯이로구나
일곱에 여덟이라 아홉 열……

(뒤이어 계속 숫자만 센다.)

---

1) 농사짓는 것. 여기서는 가을걷이하는 것.

물 푸는 소리 2

마파람이 하나이라
순천이 두흘
삼해 용강 황주 너더리
평양에 오성 남두육성
북두칠성 조선이 야듧도
영동의 구읍 강동열패
열의 하나 열의 두흘
열의 서히 열의 너히……

드레 소리

(후렴) 호 드레[1]야

이 논 방천[2] 물채 좋네 (후렴)

삼천 가지 걸린 논에 (후렴)

앞은 넓고 뒤는 좁아 (후렴)

뒷줄에 선 여러 동무 (후렴)

꽝꽝 눌러 답세주소 (후렴)

드레 앞에는 물 났소 (후렴)

양덕 맹산 흐른 물이 (후렴)

이 논 방천 다 들었네 (후렴)

이 논 한 배미 천 석 난다 (후렴)

이 논은 누굴 줄꼬 (후렴)

막자제를 기뿌 주자 (후렴)

보아라 저 드렁은 (후렴)

둘째 아들 기뿌 주자 (후렴)

배채 심는 저 처자 (후렴)

---

1) 두레. 논에 물을 퍼붓기 위해 나무로 만든 것.
2) 둑을 쌓거나 나무를 심어 냇물이 넘쳐 들어오는 것을 막음. 또는 그 둑.

배채 한 통 빌리소 (후렴)

엮잎 떡잎 다 젖히구 (후렴)

속에 속꾀기 한 통 빌리소 (후렴)

빌리구 싶은 마음 간절하나 (후렴)

본 적 없어 못 빌리겠소 (후렴)

한 번 보구 두 번 보면 (후렴)

구면 친구 안 되느냐 (후렴)

시집올 때 누더안말 (후렴)

입구 자 기와집 (후렴)

이곳으로 시집오세 (후렴)

시집을 갈디 장가를 갈디 (후렴)

손우 동생이 두셋이라 (후렴)

김매는 노래 1

(후렴) 어햐 어하야 어허요리 사대로다

검질 짓고[1] 굴 너른 밭에 소리로나 우겨간다 (후렴)

뒷멍[2]에랑 저걱저걱 앞멍에랑 소곡소곡 (후렴)

슬픈 일랑 그대로 두고 형님들만 가실쏘냐 (후렴)

우는 놈은 한 번 더 때리고 미운 놈은 떡 하나 더 주라 (후렴)

손톱에 배접 나는 줄 알고 염통에 쉬 쓰는 줄은 모르누나[3] (후렴)

이런 날 이런 일 하면 성인들 언제 가실쏘냐[4] (후렴)

이 밭 김을 어서나 매고 저녁을랑 밝은 때 먹자 (후렴)

---

1) 풀이 많고. '검질' 은 '김' 의 제주도 말. '짓고' 는 '깃고' 로, 논밭에 풀이 많다는 뜻이다.

2) 뒷이랑. 김을 매어 가는데 뒤에 남아 있는 밭이랑.

3) 손톱에 가시 든 줄은 알아도 염통에 구더기 생기는 줄은 모른다.

4) 이런 날 이런 일하기 얼마나 성가시겠느냐.

김매는 노래 2

굴 늦고 장찬밭에 소리로다 우경 가세[1]

(후렴) 어야엉 으야옹 선이해로구나

앞엔 보소 큰 산이요 뒤엔 보소 평지로다 (후렴)
앞멍에야 들어오라 뒷멍에야 물러가라 (후렴)
검질 짓고 골 늦은 밭에 고분새로다 메엉 가자[2] (후렴)
사듸소리[3] 잦아가면 검질손[4]도 잦아간다 (후렴)
이런 날 이언 일하기 성이언만 가실쏘냐 (후렴)
오날 오날 오날이면 매일장성[5] 오날일까 (후렴)

---

1) 우겨 나가세. 다그쳐 나가세.
2) 매고 가다.
3) 사대소리, 곧 김매는 노래.
4) 김매는 손.
5) 주야장천. 언제까지나.

김매는 노래 3

어야 어야 어서 매자 어서 매자 사대로다

공중에 뜬 기럭아 달 지면 어이 갈래
갈대꽃 휘늘어진 강가에서 쉬고 간다

해가 지면 그늘지고 골골마다 어둡는다
어서어서 이 논 매고 석양풍에 쉬어 보자

어야 어야 어서 매자 어서 매자 사대로다

김매는 노래 4

에헤야 에헤야
어허리 방아로구나
논배미 물채가 좋아
벼 한 포기 십여 가지가 됐네

에헤야 에헤야
어허리 방아로구나
한 마지기 몇 섬 나나
한 마지기 십여 석 나네

에헤야 에헤야
어허리 방아로구나
백로가 지나면 거두어
동리방리 아동 소년 청해 온다

김매는 노래 5

(후렴) 에이여라 방아여

이 방아 저 방아 다 제쳐 놓고
논김 방아를 찧어 보세 (후렴)
쿵쿵 찧는 물방아는
옥백미가 쏟아진다 (후렴)
산에 올라서 산진 방아
들에 내려서 물방아로다 (후렴)
이 방아 저 방아 다 제쳐 놓고
잦은 방아로 찧어 보세 (후렴)
강원도라 영천읍은
물방아가 조종이며 (후렴)
황해도 장풍군은
논김 방아가 조종일세 (후렴)

김매는 노래 6

사래도 길고 길고 한참도 길고 길다
에헤헤 이헤헤 위에헤요

저 건너 갈미봉에 비가 묻어 들어온다
에헤헤 이헤헤 위에헤요

우장을 둘러라 김들이나 맬거나
에헤헤 이헤헤 위에헤요

애두름[1]에 해 다 져가네 업은 애기가 동자[2] 간다
에헤헤 이헤헤 위에헤요

---

1) 낮은 언덕.
2) 밥 짓는 일.

호미 타령 1

헤헤야 호미로다

(후렴) 헤헤야 호미로다

호미레 아니고 낫이 갔네 (후렴)
호미 장단에 놀아 보자 (후렴)
얼른 잠깐 떼어 놓고 (후렴)
여러 계원이 담배 먹세 (후렴)
얼른 뽑아야 풀 한 대 뽑는다 (후렴)
먼 데 사람 듣기나 좋게 (후렴)
여기 사람 보기나 좋게 (후렴)
못다 맨 논 한겻[1)]에 매었구나 (후렴)

---

1) 반나절.

호미 타령 2

저기 가는 저 구름은 무슨 일로 빨리 가나

(후렴) 호호헤요 에이야라 호미야
　　　호미 소리로 매고 가자

이 사람아 웃지 마라 비 주려고 바삐 간다 (후렴)
남창중창 일배추 낡에 연명이 앉아 운다 (후렴)
이랑 길고 장찬밭을 어느 누가 갈아줄꼬 (후렴)
못다 맬 밭 다 매다가 금봉채[1]를 잃었구나 (후렴)
금봉채 장수 다 죽었나 금봉채는 나 사 줄라 (후렴)
동세 동세 만동세야 배가 고파 못 매겠다 (후렴)
시오마니 내는 양식 만동센들 어찌하랴 (후렴)
청치마끈 조여 매고 요롱조롱 매고 가자 (후렴)

---

1) 금비녀.

호미 타령 3

무창 후창 연주봉에 점심 광지 올라간다
요내 밥도 잦았으니 가시 설러[1] 함께 가세
요내 밥이 왜 늦었나 아홉 솥에 메를 지어
아홉 반상 보다나니 요내 밥이 늦었구나
나비 구름 떼구름에 해 종적을 몰랐구나
저녁 동자 집에 가서 저녁이나 지어 보세
집에 있는 시누인들 굵은 감자 보리쌀에 저녁이야 왜 못 하리
요길 매고 조길 돌아 한두 포기 더 가꾸세

---

1) '설다' 는 '걷다' , '치우다' 의 옛말.

호미 타령 4

십삼 베에 니예[1] 달아 첫 앞 짜기 어렵습데
점심 먹고 쉬어 들어 첫 김 매기 어렵습데

심산이라 범살령에 해 저물면 범 나니라
창검 없는 농군들아 햇발 쫓아 집에 가세

---

1) 잉아. 베틀의 날실을 한 칸씩 걸러서 끌어올리도록 맨 굵은 실.

호미 타령 5

하늘 중천에 뜬 까마귀
울며 가니 곽산이라
호메나 장단에 놀구나자

니 함박에 쌀을 담아
턱턱 터니 철산이라
호메나 장단에 놀구나자

호미 타령 6

이 논에는 물이 좋아

(후렴) 어야더야 호메로다

일천 가지 벌렸구나 (후렴)
일천 가지 벌린 논에 (후렴)
삼천 석이 나기만 하면 (후렴)
열간 고방을 져야겠다 (후렴)
열에 아홉 스무나무 (후렴)
서른아홉 사시나무 (후렴)
아흔아홉 백자목 (후렴)
허공중천에 구름나무 (후렴)
줬다 폈다 주엽나무 (후렴)
오다가다 가닥나무 (후렴)
십리 안에 오리나무 (후렴)
아래 멀끔한 세루아리 (후렴)
잎 퍼졌다 떡갈나무 (후렴)
은도끼로 뚝 찍어다 (후렴)
굽은 나무 잣다듬고[1] (후렴)

잦은 나무 굽다듬어 (후렴)
양간 팔자 오량각[2]을 (후렴)
제멋대로 지어 놓고 (후렴)
네 귀에다 풍성을 달아 (후렴)
윙가당 뎅가당 볼만하다 (후렴)

---

1) 굽은 것을 반대로 잦혀 다듬고.
2) 격식에 맞게 잘 지은 집.

호미 타령 7

에헤야 에헤야 에헤 헤야라
호호 호미가 논다

에헤야 에헤야
해는 장차 일모日暮한데
호미 자루가 자주 논다

에헤야 에헤야
일년 사절이 지나가면
태평가 부르며 놀아 보세

에헤야 에헤야
전후 산천에 뻐꾹새 우는데
뻐꾸기 소리 맞춰 매고나 가자

에헤야 에헤야
곡식일랑 두어 두고
가라짓대만 사형을 주게

호미 타령 8

에헤 디야디야 헤에
소리를 치자 헤에이
소리를 치자 매나 보자
나헤 헤이고 허허허
소리를 치며 매 보자

에헤 디야디야 헤에
밭 갈고 논 맹글어 헤에이
오곡 갓추 심어 헤에이
나헤 헤이고 허허허
소리를 치며 매 보자

에헤 디야디야 헤에
메 밑에 우물 파고 헤에이
지붕에 호박 올리고 헤에이
나헤 헤이고 허허허
소리를 치며 매 보자

에헤 디야디야 헤에

장독에 더덕 났고 헤에이
구월 추수 다 하자 헤에이
나헤 헤이고 허허허
소리를 치며 매 보자

호미 노래

(후렴) 에이야 헤이요

　　호메 호메로 매구 나가자

이 논 방천 물채가 좋아서 일천 가지 걸었구나 (후렴)

일천 가질 걸었으면 삼천 석이 나겠구나 (후렴)

삼천 석이 나고 보면 골간[1] 삼간을 짓구나 보자 (후렴)

골간 삼간 짓지 말구 딸 삼 형제 기뿌 주자 (후렴)

딸 삼 형제 기뿌 주지 말고 오촌 조카를 물려주자 (후렴)

머리 좋고 실헌 편발[2] 줄뽕낡에 걸렸구나 (후렴)

줄뽕 새뽕 내 따줄건 요내 사정 들어주소 (후렴)

저리 가는 저 마누라 날 오라고 손뼉 친다 (후렴)

널 오라고 손뼉 쳤나 내 길이 바빠서 활개 쳤지 (후렴)

---

1) 곳간의 평안도 사투리.
2) 실한 처녀. 편발은 혼인 전에 길게 땋아 늘어뜨린 머리를 말한다.

땅가보 노래

(후렴) 나무 호미 땅가보야

땅가보 소리를 정 잘하면
가던 사람도 길 멈춘다 (후렴)

창포밭에 금붕어 놀듯
이리 궁실 저리 궁실 잘들도 낸다 (후렴)

동서남북에 번개 치듯
이리 번쩍 저리 번쩍 잘들도 심네 (후렴)

뎅이 소리

(후렴) 얼싸 데질이요 얼싸 뎅이요

네 귀 번쩍 약과배미요 돈짝처럼 줄어 가네 (후렴)
여봐라 농부들아 말 들어라 이번 참에는 점심참이라 (후렴)
이 논배미 얼른 찢고 어서 나가 담배 먹세 (후렴)
이 논배미를 얼른 찢고 웃 논배미로 올라가자 (후렴)
이 논배미를 얼른 찢고 우리 집으로 돌아가자 (후렴)
오늘 해도 다 갔는데 산 끝마다 그늘일세 (후렴)
이 논배미 얼른 찢고 막걸리 추렴[1]을 빨리 가자 (후렴)

뎅이 소리

(후렴) 에 얼싸 뎅이야

■ 논을 맬 때 부르는 노래다. 뎅이는 낫자루에 슴베가 박히는 부분을 단단히 하기 위해 둘러 감은 쇠로, 낫갱기라고도 한다.
1) 모임이나 놀이, 또는 잔치를 할 때 드는 돈을 여럿이 얼마씩 거둠.

창해 같은 넓은 배미 (후렴)

멍석만치 졸라 주게 (후렴)

멍석만치 큰 논배미 (후렴)

소동개¹⁾만치 졸라 주게 (후렴)

일간 이간 삼간 뎅이 (후렴)

네 귀 번뜩 약과 뎅이 (후렴)

세 귀 발쭉 송편 뎅이 (후렴)

---

1) 솥뚜껑.

둥둥 타령

어화나 둥둥에 내 사랑 주럼 응응응
밭두나 다 매고 논두나 다 매고
오만네 집에나 가고나재라 응

(후렴) 어화나 둥둥에 내 사랑 주럼 응

논김 다 매고 밭김 다 매고
우리 오만네 집에 가거들랑
석 달 장마가 졌으면 (후렴)

산도 설고 물도 설은데
누구를 바라고 내 여기 왔나 (후렴)

중천에 하늘엔 잔별도 많고
요내나 시집엔 잔말도 많다 (후렴)

오만네 집 석정 바자[1]는 다 썩어가는데

---

1) 대, 갈대, 수수깡, 싸리 따위로 엮어서 만든 울타리.

나는야 가고플 적에 못 가 보누나 (후렴)

가뜩이나 심란한데
친정 오라바이는 왜 왔다 가누 (후렴)

우리 오만네 집 곁집에라두
못 보니 수천 리로구나 (후렴)

시집살이 못 하면 본가집 살지
이런 숭 않군 나 못 사네 (후렴)

논에나 육칠월이 되었는데
우리나 육칠월은 언제 오리 (후렴)

산천초목은 젊어나 가는데
인간의 초목은 늙어만 간다 (후렴)

이 논배미 어서 매고

이 논배미 어서 매고
장구배미로 넘어가자
장구 치고 소구 치면
팔월 가위 이 아니냐
장구배미[1] 어서 매고
거울배미로 넘어가자
거울 보고 분 바르면
잔칫날이 다가온다
거울배미 어서 매고
대궐배미로 넘어가자
대궐 터에 궁궐 지어
자손만대 복 누리자

---

1) 장구 모양같이 가운데가 잘록하게 생긴 논배미.

뫼같이 깃은 밭을

불같이 더운 날에
뫼같이 깃은 밭을
이골 저골 매어갈 제
신세타령 절로 난다

요내 밭골 어서 매고

요내 밭골 어서 매고
님의 밭골 마주 매세
저 건너라 황새봉에
청실홍실 그네봉에
님캉 나캉 얼려 뛰어[1]
떨어질까 염려로세

---

1) 이울러 뛰어.

김매기 노래

석산의 남방초야
네 뭣 하러 네 나왔나
우리 고장 과수 많아
심회풀이 네가 왔나
건넛방에 건 초롱은
겉이 타야 남이 알제
속 타는 줄 누가 아나

논김매기 노래

해는 석양을 넘고
월출동령에 저 달이 솟아온다
네 호밀랑 내 벼려[1] 줄거니
널 양푼에다 닭 재워 주렴

1) '벼리다'는 무뎌진 연장을 두드려 날카롭게 만드는 것.

푸지기

아침 일찍 물 길러 가니 이슬 겨워 못 가겠네
이슬 겨워 못 가겠건 마디 잦은 열둑대¹⁾로 이슬 치며 가려무나

오늘 해도 어느 땐지 정방산성 묏 닭이 우네
정방산성 수풀이 좋아 밤에 울 닭 낮에 우네

모시 수건 쓸 줄 몰라 썼다 벗었다 들고만 있네
모시 수건 엎수건²⁾ 속에 샛별 같은 고 눈매 곱소

풍년이야 풍년이야 올 내년이 풍년일다
올 내년만 풍년일까 장구 일생 풍년일다

오늘 해도 어느 땐지 산봉마다 그늘 간다
산이 높아 그늘 갈까 석양 되니 그늘 가지

■ 황해도에서 논을 매면서 주고받는 소리다.
1) 풀 이름.
2) 엎어 쓴 수건.

오늘 해도 어느 땐지 동설령에 범 내려오네
동설령에 새끼 둔 범 낮이라고 아니 올까

오늘 해도 어느 땐지 외룩발이 석반 간다
철 모르는 외룩발이 때를 몰라 저녁 가네

오르며 내리며 잔기침 소리 물 말은 이밥에 목이 메네
오르내릴 적 목메거든 네 맘 풀어서 내 얼굴 보렴

일각문 안에 비껴선 각시 아양에 꼬부장 낚시눈 떴네
아양에 꼬부장 눈 뜨지 말고 네 속을 풀어서 말을 좀 하려무나

푸지기

담배 먹고 쉬어 들어 첫 골 매기가 더디다
물렛가락을 줄 찾아 놓고 반토잡기 더디다

오늘 해도 어느 땐지 쉰자갬이가 떠들어온다
황경나무 북바디집 아울러만 놓아도 소리만 난다

오늘 해도 어느 땐지 요내 가슴 쌀쌀하다
모시 적삼 속자락에 바람이 들어 쌀쌀하지

오늘 해도 어느 땐지 정방산성 낮닭이 운다
정방산성 수풀 깊어 밤에 울 닭이 낮에 운다

종일토록 사귄 친구 해 진 골에 이별한다
모시 수건 감쳐 쥐고 내일 아침 다시 보세

오늘 해도 어느 땐지 외룩발이 석반 간다
가는 석반 외룩이지 저녁조차 외룩이냐

석반 가는 저 아가씨 석반 진지 많이 짓소
기모[1] 오마니 주는 쌀을 낸들 어찌 많이 할꼬
종지굽에 담은 밥과 싸리 잎에 주는 장을 눈물겨워 못 먹겠다

___

1) 계모.

기나리 1

조개는 잡아서 젓 절이고
가는 님 잡아서 정들이자

어저께 왔소 그저께 왔소
열에 두석 달 잘 있다 왔소

고대광실만 바라지 말고
초가삼간이라도 정만 깊어라

여울의 차돌은 부대껴 희고
이내 몸 달뜬 건 그 누가 알까

갈밭에 뜬 달은 기러기 알지요
이내 속 달뜬 건 그 누가 알까

■ '기나리'는 김맬 때 부르는 대표적인 서도 소리이다. 가락이 아름답고 정서가 섬세하여 일할 때
   말고도 많이 불렀다. 청춘남녀의 연정을 표현한 가사가 많다. '아이공 아이공 성화로다' 같은 가
   벼운 타령조로 부르기도 한다.

기나리 2

바람세 좋다고 돛 달지 말고
몽금이 포구에 들렀다 가렴

소낙비 오다가 해 번쩍 나니
본가집 오마니 본 듯하다
고개 너머 우리 목화는
송이송이 잘도나 폈구나

이랑 길고 둑 높은 밭에
님 넘겨 볼래기 목 늘어나누나
참외 사다 배꼽 따 보고
새빨간 참외는 넘겨 다오

너는 너 어머니 몰래
쌈지 기워 주렴
나는 우리 아버지 몰래
짚신 삼아 주마

기나리

조개는 잡아 젓 절이고
가는 님 잡아 정들이자

바람세 좋다고 돛 달지 마라
몽금이 포구[1] 들렀다 가렴

뒷문도 밖에 실아리 타래[2]
바람만 불어도 날 속이누나

세월 잊자고 산곡에 갔더니
역시[3]나 대신에 단풍잎 지누나

네 오려무나 네 오려무나
날 볼라면은 네 오려무나

---

1) 황해도에 있는 포구 이름.
2) 시래기를 묶어 매어단 것.
3) 역서, 달력.

기나리 3

이랑 길고 둑 높은 밭에
언제 매고 님 만나볼까

오동지 섣달 불던 바람
요때나 잠깐 불어 주려마

갈지자 걸음에 당사실 걸고
걸리면 챌라고 낚시눈 떴구나

처녀 총각 마주 서서
말할 줄 몰라서 웃고나 마누나

안달지 말고 속 쓰지 마라
연분만 되면은 모여서 살자

어떻게 살면은 잘 살아 볼까
만날 적마다 잘 살자누나

잘 사는 시집을 못살게 하고

뒷갈망 못할 걸 왜 망신시키나

깔끼나눈이 지은 밥은
질고 되고 맛이가 좋구나

뒷문 밖에 실아리 타래
바람만 불어도 날 속이누나

님에나 집을 곁강에 두고
보지나 못하니 심 불안하구나

가는 님 허리를 다담삭 안고
가지를 말라고 야단만 치누나

너 나서고 나 나서니
오색 무늬가 달무늬 색이라

세월을 잊자고 산골을 가니
그곳도 역시 단풍이 지누나

아기죽 바기죽 진 암탉걸음
사람의 간장을 다 녹여내누나

잘기둥 잘기둥 깔보지 말고

네 속을 풀어서 말 좀 하렴

보고나프면은 와서나 보디
보고픈 사정은 뉘기과 하노

둥글넙적 명월색이
보기만 해도 속 시원하네

메나리

명사십리 해당화야 꽃 진다고 설워 마라
산도 설고 물도 선데 우리 고향을 언제 갈까

어제와 오늘로 요 논배미를 마지막 매세
내일과 모레는 우리 집 김맨다네

용순물 총각들아 김매러 오게나
아이고 그러면 김매러 가지

메나리

메나리는 간다마는 받을 님이 전혀 없네
메나리는 내 받을게 메나리나 보내 주게

■ '산유화'와 마찬가지로 백제 전통을 잇고 있으나 여러 가지 형태로 변형이 되었다. 논김을 매고
쉴 참에 논두렁에 모여 앉아 농군들이 서로 주고받으며 즐겁게 부른다.

고사리 삽주 스러진 골로 처녀 총각이 나물만 가네

준치 자반 구워 줄게 이 논배미 매어 주게
이 논배미 매어 줄게 준치 자반 구워 주게

이슬아침 맺은 낭군 해 진 골에 이별일세
해가 져서 그늘 갔나 산이 높아 그늘 갔지

메나리

갈까보다 갈까나보다
님을 좇아 갈까보다
연분홍 저고리 남깃 두 소매
열네 번 죽어도 난 못 놓겠다
부러진 다리를 철철 끌며
님을 따라 갈까 보다

타령두 간다 타령두 간다
논두렁 건너 타령두 간다
오는두 타령은 내 받아줄게
가는두 타령은 헛놓지 마라
네 타령 소리는 내 받아줄게

자주나 종종 띄워나 보내렴

입쌀 좁쌀 무더기 쌓여도
재미쌀 없어서 난 못 살겠다
의학섬[1] 모두리 님 세워 놓고
조개나 잡기 감빨린다[2]

시집의 살이는 개살이요
숭아들 살이는 원살이라[3]

---

1) 섬 이름.
2) 욕심이 생긴다.
3) 머슴살이는 원망스런 생활이라. '숭아들'은 '머슴'의 평안도 말.

엮음 메나리

칠월 팥밭 걸시 매구
오만네 집에야 걸시 가자

모슬게 당직에 오색밥을 먹어두
정일랑은 잊지를 말아라

남초나 담배 쓴 줄은 알아두
내 속 타는 줄은 모른다

오롱박 조롱박 굳어야 좋지
님의 속 굳어서 쓸 데가 있나

저녁에 조반은 제집끔 먹고
밭에나 나갈 젠 함께나 갑시다

저녁이 저물면 불 혜구 먹지
모여나 섰다가 하냥 갑시다

■ 세마디 타령이라고도 한다.

못 살갔구나 내 못 살갔구나
없는 것 많아서 내 못 살갔구나

일구월심 환하던 얼굴
얼마나 보면은 싫도록 보겠니

입쌀의 눈찌 굴릴 줄 몰라서
양눈을 가지고 쌀 일듯 하누나

점심 메나리

오늘 해도 정낮인지
샛별 같은 점심 그릇
반달같이 높이 떴네

반달 같은 점심 그릇
샛별같이 높이 떴네
여보소 벗님네야
요내 점심 왜 늦었나

쇠뿔 같은 더덕장아찌
찌노라니 늦었습네
말피 같은 정치렁[1]
달이노라니 늦었습네
신짝 같은 준치 자반
굽노라니 늦었습네
외씨 같은 전이밥
짓노라니 늦었습네

---

1) 간장.

요내 점심 늦다 말고
어서 빨리 잡수시오

잘 채렸든지 못 채렸든지
저 그늘 밑에 채려 놓소
요내 점심 잡순 후로
그늘 밑에 쉬어 매오

못 하겠네 못 하겠네
점심 먹고 첫 참엔
정말이지 못 하겠네

구름 정자 지어 주게
구름 정자 지어 주게
요내 짐길²⁾에
구름 정자 지어 주게
구름 정자 믿질 말고
삿갓이라도 씌워 주게

어서 빨리 요내 짐길을 매어 놓고
깊은 강물에 목욕하세

---

2) 김매는 길.

어서 매오 어서 매오
요내 짐길 빨리 매면
준치 반찬 먹인답네
준치 자반 아니 먹은
신계 곡산 중이 살까
신계 곡산 그 중생도
세인 적엔 먹었답네
세인 적에 먹은 죄로
부처님께 벌 받았네

사래 길고 길찬 밭에
목화 따는 저 처녀야
목화 숙화 내 따줄게
요내 품에 안겨 주오

소녀에겐 그 말씀 말고
우리 부모님께 여쭤 보소
부모님이 모르신다면
아래 삼촌께 여쭤 보소
아래 삼촌 모르신다면
일가친척 여쭤 보소
일가친척 모르신다면
동네 동장 여쭤 보소
동네 동장 모르신다면

동네방네 외면 가세

행길을 벗을 삼고
샛별을 초롱 삼아
여주 월강 썩 건너서니
오랍동생 뉘 따를까

저녁 먹고 썩 나서니
개 건너 큰애기 날 오라누나
오라기는 오라 놓고
문만 걸고 잠만 자네

문을 걸면 실로 걸고
잠을 자면 실로 잘까
문 걸었다고 돌아서는 장부
장부 중에 졸장부라
문 걸었다고 돌아섰나
동남풍 바람에 비켜 섰지

해 다 지고 저문 날에
울고 가는 저 선배야
어디 가며 울고 가나
서울 남산 금잔디에
처권³⁾ 묻고 울며 가네

처권 묻고 울며 가는 저 선배야
선배 중에 졸선배라
처권 묻고 울며 갈까
내 설움에 울며 가지

집이라고 들어가니
어린 자식 젖 달래고
큰자식은 밥 달래고
마소 새낀 꼴 달래고
구실아친 돈 달래네
이 성화에 울며 가오

산에 올라 활을 쏘니
연평 바다에 화살 졌네
연평 바다 도사공아
화살 진 것 네 보았나
화살인지 불살인지
인제 노 젓다 내 못 봤소

두름두름 둘러보니
공작새에 꽂혔도다
공작의 껍질 벗겨

---

3) 처자식을 이르는 말.

님의 옷을 말라 보니
고름 동정 전혀 없네
가윗밥⁴⁾을 주워 모아
고름 동정 달고 보니
님 줄 마음 전혀 없네
님아 님아 울지 마라
님 안 주면 누굴 줄까

---

4) 가위질할 때 생기는 헝겊 쪼가리.

저녁 메나리

오늘 해도 다 갔는지
골골마다 그늘졌네
산이 높아 그늘인가
골이 깊어 그늘이지
골이 깊어 그늘졌나
구름 정자 그늘졌네

이슬아침 만난 동무
해 진 골에 이별일세
동자 갈 님은 동자 가고
김매러 갈 총각 김매러 가세
오늘은 여기서 놀고
내일은 어디 가 만날까

해 다 졌다

해 다 졌다 해 다 졌다
양산 땅에 해 다 졌다
빵실빵실 웃는 애기
돌아가서 만나 보자

새 쫓는 소리

(후렴) 우야 우야 훨훨

우야 소리에 새 날아간다 (후렴)

겨울 나고 봄이 되니 (후렴)

오조 닷 되를 구해다가 (후렴)

에노 마라¹⁾ 밭을 갈아 (후렴)

오조 닷 되 다 심었다 (후렴)

그놈이 왕성하여 (후렴)

앨 매고²⁾ 두 벌 매고 (후렴)

삼동을 매고 사동을 맬 때 (후렴)

온갖 잡새가 다 날아온다 (후렴)

새 중에는 봉황새라 (후렴)

만수문전의 풍년새라 (후렴)

대가리 큰 것 방추새라 (후렴)

허리 잘룩 장추새라 (후렴)

---

1) 안소와 마라소. 소 두 마리로 쟁기를 끌 때 왼쪽에 맨 소를 '안소' 라 하고 오른쪽에 맨 소를 '마라소' 라 한다.

2) 애벌 매고. 삼동, 사동은 세벌 김, 네벌 김이라는 뜻.

높이 떴다 종달새라 (후렴)
얕으 떴다 굴뚝새라 (후렴)
우야 소리에 새 날아간다 (후렴)

새 쫓는 소리

헤라 헤이
새야 새야 참새야
우리 밭에 앉지 마라
너도 먹고 나도 먹고
명년 농사 무엇으로 하겠네
헤라 헤이

새 쫓는 소리

오조 밭에 사이 봐라
오조 밭에 사이 봐라
먹지 않고 발가줄라
먹지 않고 발가줄라

잠들었네 졸다가
졸다가 잠들었네
잠자다가 깨어나니
새 다 먹어갔네

휄라라 훼이
휄라라 훼이

새야 새야 녹두새야

새야 새야 녹두새야
아랫논에 메떡 찧고
윗논에 찰떡 찐다

새야 새야 파랑새야
우리 논에 오지 말고
먼 데 먼 데 날아가거라

윗녘 새야 아랫녘 새야

윗녘 새야 아랫녘 새야
전주 고부 녹두새야
안반 밑에 납작새야
수풀 밑에 기는 새야

■ '새쫓기' 노래는 각 지방마다 있는데 그중에는 '녹두새'와 관련된 것이 많다. 갑오농민전쟁이 일
어나자 예전부터 불러 온 '새쫓기 노래'에 녹두 장군 전봉준을 녹두새에 비겨서 불렀다.

우리 집 논에 앉지 말고
저 건너 장잣집[1] 논에 들러라
우여 우여

아랫녘 새 윗녘 새

아랫녘 새 윗녘 새
천지 고불[1] 녹두새
도랑 건네 뛰는 새
우야 우야 우야 우야
저 건네 장자네 집
갱피[2] 닷 섬 파먹어라

경상도 안동 땅에
박고해네 집에 가서
갱피 닷 섬 파먹어라
이곳에는 오지 마라
우야 우야

---

1) 부잣집.

1) 전주와 고부.
2) 논에 나는 피.

윗녘 새는 위로 가고

윗녘 새는 위로 가고
아랫녘 새는 아래로 가고
전주 고부 녹두새야 우여

윗논에 차나락[1] 심고
아랫논에 메나락 심어
울 오라비 장가갈 때
찰떡 치고 메떡 칠텐데
네가 다 까먹냐 우여

아랫녘 새야 아래로 가고

아랫녘 새야 아래로 가고
윗녘 새는 윗녘으로 가고
우리 어머니 아버지
손톱 발톱 절어지게 농사진 것
어떤 새가 다 까먹니
위여 위여

---

1) '찰벼'의 경상도, 전라도 말.

우이와라

우이와라 우이와라
아랫논에 메벼 비고
윗논에 찰벼 훑어
우리 오빠 장가갈 때
멥쌀일랑 밥을 하고
찹쌀일랑 떡을 찧어
너두 한상 차려 줄게
우리 논에 앉지 마라
우이와라 우이와라

벼 베는 노래 1

황파 만경 넓은 벌에 접낫을 갈아 들고
웅기중기 나아간다 우리 농군 장할시고

이 벼를 뉘 심궜나 앞집에 김 서방과
뒷집에 이 서방과 온 마을이 다 심었네
이 벌 김은 누가 매었나 김 도령 박 첨지와
큰 머슴 작은 머슴 우리들이 다 매었네

황금으로 익어 가는 앞뒤 벌 바라보니
농군으로 태어난 거 적지 않은 자랑일세
앞서거니 뒤서거니 어석버석 베어 가니
석양 녘 바람세도 건듯건듯 불어오네

마을에 개가 짖고 실개천에 달이 뜨면
계원네들 모여 앉아 술타령도 하여 보세
예로부터 이런 말이 농사는 대본이라
농군들 천대 마소 온 세상이 망하리라

벼 베는 노래 2

어허루 벼를 벤다 설큰설큰 베어 간다
이 논배미 누른 벼는 만인간의 목숨이라
에헤루 베어간다

구추구추 깊은 밤에 찬 서리가 내리시와
이른 아침 안개 속에 단비가 내리시오
에헤루 벼가 익네

사모 풍경 단 집에는 지주 영감 앉아 있어
긴 트림만 하올 적에 땀을 흘려 일했다네
에헤루 벼를 보소

방실방실 웃는 아기 뙤약볕에 들쳐 업고
아낙네도 떨쳐 나와 호미 고역 하였다네
에헤루 벼를 보소

팔월 보름 밝은 달에 송편 하나 못 해 먹고
시월상달 묘사[1] 때도 빈손으로 곡을 했네
에헤루 벼가 가네

딸자식을 보낼 때도 차반 상자[2] 비어 있고
수연[3] 환갑 지낼 때도 술 한 독을 못 담궜네
에헤루 벼가 가네

갈모봉 숫돌에다 설컹설컹 낫을 갈아
서리같이 드는 날을 이리저리 놀려 보세
에헤루 벼를 베세

벼 심을 땐 봄일러니 벼 벨 때는 가을일세
봄이나 가을이나 허기진 건 한가지라
에헤루 벼를 베세

이 땅이 뉘 땅인고 이 들판이 뉘 것인고
허리춤에 낫을 꽂고 생각하며 베어 보세
에헤루 벼를 베세

---

1) 시월에 산소에 가서 지내는 제사. 상달은 10월이란 말.
2) 잔치 음식을 담는 상자.
3) 장수를 축하하는 잔치. 보통 환갑잔치를 말한다.

벼 베는 노래 3

베어라 베어 신바람 나게 벼를 베어라
베어라 나가라 베어라 베어라
감눌러만 베어라 베어라 베어

베어라 베어 신바람 나게 벼를 베어라
베어라 베어 황금이삭 쓰러진 벼를
살짝 거두어 베어라 베어라 베어

베어라 베어 신바람 나게 벼를 베어라
베어라 베어 슬슬 감잡아 늘어진 이삭
거두어 베어라 베어라 베어

에헤루 볏단

져 나르세 져 나르세 볏단을 져 나르세

(후렴) 에헤루 볏단

쌓올리세 쌓올리세 볏단을 쌓올리세 (후렴)
집채같이 쌓은 볏단 어데로 실어가나 (후렴)
서 발 장죽 물고 있는 지주 집에 실어가지 (후렴)
지주 집 영감쟁이 흥타령만 부르는데 (후렴)
우리 같은 농군들은 신세타령뿐이로다 (후렴)

마당질 노래

이 마당이 뉘 마당가 김 장자네 마당일세
김 장자는 어데 갔나 첩의 집에 놀러갔네
첩의 집에 왜 갔는지 자네들은 모르는가
잔말 말고 어서어서 볏단이나 메기게
어야홍 때려라 때려서 눕혀라

여보게 말 좀 하게, 숨 가빠 말 못 하네
이 나락 섬에 담아 산도곤[1] 쌓올리면
자네 배가 부르겠나 내 배가 부르겠나
배사 안 불러도 걱정이나 없었으면
어야홍 때려라 공상[2]을 내려쳐라

바람 불고 비 올 적에 누역 사립[3] 둘쳐 입고
아랫논 윗논으로 뛰어다닌 머슴들아
일년 농사 마당질이 어이 이리 서글프냐
어야홍 때려라 때려라 어야홍

---

1) 산만큼.
2) 개상. 볏단을 메어쳐서 이삭을 떨어내는 데 쓰는 농기구.
3) 누역은 도롱이의 옛말이고, 사립은 도롱이와 삿갓을 아울러 이르는 말.

도리깨질 노래

에헤 두들겨라 에헤 두들겨라
에헤 에헤 에헤 좋다 두들겨라
우리 마당에 두태를 치고
신재령 나무리 벼태를 친다

봉산 태상벌 수수가 크고
함박 올벼는 밥맛이 있네
에헤 두들겨라 에헤 두들겨라
우리 마당에 두태를 치고
신재령 나무리 벼태를 친다

도리깨질 소리

일꾼들 어이 도리깨 드세 어이
보리타작 우리 하세 어이
에호에호 에호에호
어깨가 짓슷 에호 오금이 주춤 에호
힘써 때리라 에호 넘어간다 보리도 에호
여기도 알보리 에호 저기도 알보리 에호
짓끈 짓끈 에호 고루 밟아라 에호
에호에호 에호에호

넘어간다 보아라 에호 익카 때리라 에호
익카익카 익카익카 에호에호 에호에호
숨 쉬어 가면서 에호 골고루 밟아라 에호
에호에호 에호에호

또 넘어간다 에호 짓끈 밟혀라 에호
익카익카 익카익카 때리라 때리라 에호
고루 밟혀라 에호 알보리 간다 에호
에호에호 에호에호

넘어간다 에호 넘어간다 에호
또 넘어간다 에호 힘껏 때리라 에호
익카익카 익카익카 에호에호 에호에호

여기도 보리다 에호 저기도 보리다 에호
고루 밟혀라 에호 에호에호 에호에호
뒤로 물려서 에호 발로 골라라 에호
궁둥이 모으고 에호 도리깨 벌려라 에호
에호에호 에호에호

자 우리 쉬어 가지고 한잔 먹고 합시다 에호

옹헤야

옹헤야 어절씨구 잘도 한다 옹헤야
단둘이만 옹헤야 하더라도 옹헤야
열쯤이나 옹헤야 하는 듯이 옹헤야
팔구월에 옹헤야 번종해서 옹헤야
그해 삼동 옹헤야 다 지나고 옹헤야
익년 이월 옹헤야 제초하고 옹헤야
삼월 지나 옹헤야 대맥황[1]으로 옹헤야
푸른 잎과 옹헤야 푸른 종자 옹헤야
죽은 듯이 옹헤야 변해져서 옹헤야
황앵[2] 같은 옹헤야 황색 되어 옹헤야
오뉴월에 옹헤야 수확하여 옹헤야
이와 같이 옹헤야 타작해서 옹헤야
웅게둥게 옹헤야 쟁여 놓고 옹헤야
삼동 삼춘 옹헤야 양식하매 옹헤야
이러므로 옹헤야 오월 농부 옹헤야

■ 보리타작할 때 도리깨질하면서 부른 노래로 영남 지방에서 널리 불렸다.
1) 보리가 익어서 누런 것.
2) 꾀꼬리.

팔월 신선 옹헤야 함이로다 옹헤야
옹헤옹헤 옹헤야 어절씨구 옹헤야

보리타작 노래 1

어야도 홍아 홍해야 더럼마
때려 보자 때려 보자
어느 것이 동산[1]이냐
요것이 동산이여
요 동산을 때리자
때렴시민 굴측난다[2]

한짝 기달[3] 땅에 붙이고
한짝 무릎 올라가네
한두 번을 때렴시면
도깨[4] 끝에 불이 난다

요것도 생곡이여
갈라지건 갈라지라
때려지건 때려 보자

---

1) 보리 더미가 쌓여있는 것을 말한다.
2) 때리면 줄어든다.
3) 한쪽 다리.
4) 도리깨.

요 동산을 때리자
한 번 놓건 열 방울씩
두 번 놓건 백 방울씩

주래 배똥 하늘 배우멍[5]
떨어지건 떨어지라
엎어지건 엎어지라
갈라지건 갈라지라

요기여 조기여
요것이 때릴 놈
때리고 때리자
때리고 때릴 놈
요기여 조기여

요레 곱다 저레 곱다
때릴 대로 때려 보자
한번 때려 백 방울씩
오는 해도 요 일 때문이여
때릴 대로 때려 보자
어여홍아 이여도홍아

---

5) 자네 배꼽이 하늘을 보고. 도리깨질할 때 힘을 주어 도리깨를 내리치려면 팔을 높이 들어 몸이 젖
   혀지는데, 윗도리가 짧아 배꼽이 하늘을 본다는 것이다.

보리타작 노래 2

어야홍어야 홍야도홍아
이야홍이야홍 어야홍 하여도하야

요 동산을 뚜드려 보자 허야
홍허야홍 하야도 하야통
오월 염천 벼락 치듯 허야
홍어야홍 하야도 하야
좁은 길에 벼락 치듯 허야
허야통 허야도 허야
넓은 길에 물 뿌리듯 허야통
허야통 허야도 허야
어야통 어야통 어통아
요 노래로 날이나 새자
요 마당을 뚜드려 보자
요 땅으랑 깨어나 지고 부서나 져라
요 동산을 뚜드려 보자
좆아들명 뚜드려 보자
나사고 제사고¹⁾ 뚜드려 보자
어야통어야통 아야하야

명지 바다 실바람 나라
갈치 바다 갈바름²⁾ 나라
요내 속이 선선히 뚜드려 보자

하다 말면 놈이 나온다
힘을 쓰고 뚜드려 보자
양껏 잡아 마친 듯하자
어야통 어야통

보리타작 노래

어야홍 어야홍 하야도하야
요 동산을 뚜드려 보자
어야홍 어야홍 하야도하야
오월 염천 벼락 치듯
어야홍 어야홍 하야도하야
좁은 길에 벼락 치듯
어야홍 어야홍 하야도하야
넓은 뜰에 물 뿌리듯

1) 나하고 저하고.
2) 갈바람. 뱃사람들이 서쪽에서 오는 바람을 이르는 말.

어야홍 어야홍 하야도하야
요 땅으랑 깨어나 져라
어야홍 어야홍 하야도하야
요 노래로 날이나 새라
어야홍 어야홍 하야도하야
양껏 잡아 마친 듯하자
어야홍 어야홍 하야도하야

보리타작 노래 3

에헤야 딱딱 에헤야 딱딱
물러가 섬사 넘기
들어가 꼴대 넘기
갈은 갈겨라
모도 갈겨라
지덕 영감 차롈세
호박 영감 물러가
우줄우줄 나오세
호박 영감 차롈세
에헤야 딱딱 에헤야 딱딱

보리타작 노래 4

(후렴) 오헤야 헤야 헤야헤야
　　　 여기 처라 헤야헤야

개구리 보리는 살살 긴다 (후렴)

건넛산에 비 묻어온다 (후렴)

어떡¹⁾ 치자 어떡 치고 술 먹자 (후렴)

조피국에는 김 나간다 (후렴)

비지국에는 땀 나간다 (후렴)

형수씨 술 한잔 가오소 (후렴)

어떡 치고 술 한잔 먹자 (후렴)

데구데나 (후렴)

어쪽어쪽 어떡 치자 (후렴)

얼씨구절씨구나 (후렴)

아니 놀고 무엇 하니 (후렴)

어떡 치고 어떡 치자 (후렴)

우리도 좋아 신선당으로 놀러 가세 (후렴)

---

1) '얼른'의 경상도 말.

작으나 크나 내 동무야 (후렴)

여기 치고 저기 치세 (후렴)

우리 집으로 내려가며 어떡 치자 (후렴)

반달 각시가 웃음 웃고 (후렴)

어떡 속히 나오는구나 (후렴)

어떡 치자 어떡 치자 (후렴)

보리타작 노래 5

에오 에오 여개요 에오 저개요 에오
모글땅 몽글땅 에오 보리가 나온다 에오
중놈으 대가리가 에오 나온다 에오
처재 보링가[1] 에오 애초롬하다 에오
여게를 때려라 에오 저게를 때려라 에오
주인네 이망을[2] 에오 때려라 에오

도리깨질 소리가 에오 다르다 에오
술을 안 보링깨[3] 에오 삐죽삐죽한다 에오
술을 볼라야 한다 에오 허리를 꾸부림성 에오
오금쟁이로 에오 오쫄오쫄 해라 에오

떠나온다 에오 술별이 떠나온다 에오
묵고 재미지게[4] 에오 타작을 하자 에오

---

1) 처녀 보리인가.
2) 주인의 이마를.
3) 안 바르니까. 안 마시니까.
4) 먹고 나서 재미나게.

불어라
딱딱 풀무야

풀무 풀무 풀무야 불어라 딱딱 풀무야
이쇠 저쇠를 다 녹이면 장기 한 짐이 된단다
장기 한 짐을 지고서 징계 맹경에 가면은
어얼씨구나 농사꾼 어깨춤을 춘단다
풀무 풀무 풀무야 불어라 딱딱 풀무야

나무꾼 노래 1

앞산아 땡겨라
뒷산아 밀어라
오금아 힘써라
오오 애

나무꾼 노래 2

나무하러 가자
이히후후 에헤
남 날 적에 나도 나고
나 날 적에 남도 나고
세상 인간 같지 않아
이놈 팔자 무슨 일로
지게 목달 못 면하고
어떤 사람 팔자 좋아
고대광실 높은 집에
사모에 병반 달고[1]
만석록[2]을 누리건만
이런 팔자 어이하여
항상 지게는 못 면하고
남의 집도 못 면하고
죽자 하니 청춘이요
사자 하니 고생이라

---

1) 네 모퉁이에 풍경 달고.
2) 큰 부자라는 뜻.

세상사 사라진들

처매3) 짜른 계집 있나

다박머리 자식 있나

광 넓은 논이 있나

사래 긴 밭이 있나

보선짝도 짝이 있고

토시짝도 짝이 있고

털먹신도 짝이 있는데

챙이4) 같은 내 팔자야

자탄한들 무엇 하나

한탄한들 무엇 하나

청천에 저 기럭아

너도 또한 님을 잃고

님 찾아서 가는 길가

더런 놈의 팔자로다

이놈의 팔자를 언제나 면할꼬

오늘도 이 짐을 안 지고 가면

어떤 놈이 밥 한 사발 줄 놈 있나

자기자 이히후후

---

3) '치마' 의 경상도, 평안도 말.
4) '키' 의 경상도, 전라도 말. 짝이 없는 신세를 혼자 쓰이는 키에 비유했다.

나무꾼 노래 3

에헤야 에헤야
반공에 솟은 고준령[1]을
거침없이 넘어가자
서산에 이미 해 다 지고
동산에 붉은 달이 솟았네
녹수에 춘조[2]는 명랑한 소리로
이 산에서 뿌끔 저 산에서 뿌끔
자기 집으로 돌아가네
석공에 높이 솟은 저 봉을 넘어가자
에후후 후후후 넘어가자

---

1) 높고 험한 산.
2) 푸른 나무에 깃들인 봄 새.

나무꾼 노래 4

때는 마침 어느 땐가
구시월이라 시단풍에
원근 산천의 오색 초목은
황금으로 물들었네

(후렴) 에헤 에헤 에헤야
　　　에헤 얼씨구 좋구나 좋다
　　　나무를 베러 가세

터 나무를 벨까
산골 나무를 벨까
험산 준령을 넘고 넘어
충암절벽을 들어가서 (후렴)

오색 초목이 울창한데
산새 소리도 구슬프다
이태 삼년 묵은 나무
장구단으로 베어 묶세 (후렴)

이 나무를 베어 묶고
큰 산같이 쌓아 놓고
백설이 날리는 겨울날에
동삼삭을 지내 보세 (후렴)

나무꾼 노래 5

이후후
한 짐 했다 어서 가자
작아도 머슴이요 커도 머슴이다
넓은 들 번개 치고 솔 골짝 벼락 치고
우리 초군[1]이 소견 있나
어른이 아이 치고 아이가 어른 치고
중놈이 속인 치고
못된 가시나 부뚜막에 앉지 마라
내 밥에 코따까리 떼 넣지 마라
메르치 대가리 석 냥을 해도
머슴들 소밥[2]은 주지 마라

이후후
자 그러면 사장님 한마디 해 보이소
내 그러면 아리랑 타령을 한다
아리랑 아리랑 아라리요

---

1) 나무꾼.
2) 고기반찬 없는 밥.

아리랑 고개로 넘어간다
어떤 사람은 팔자 좋아
고대광실 높은 집에
부귀영화 잘사는데
우리 팔자 어떻길래
지게 목발을 못 면하는가
아리랑 아리랑 아라리요
아리랑 고개를 넘어간다
우리가 무엇 때문에 이 고생이요
옷밥을 보고서 이 고생하네
아리랑 아리랑 아라리요

나무꾼 노래 6

어듸후후야
심산심곡 가리 갈까마귀야
잔솔밭을 넘어 굵은 솔밭으로
넘어가는구나 허허후후
가리 갈까마귀야 이후후

동무네야 벗님네야
어서 가자 바삐 가자
점심도 늦어가고 술도 늦어간다
허허후후야
가리 갈까마귀야 이후후

초부가

갈퀴 메고 낫 갈아 가지고
지리산으로 나무하러 가자
얼럴럴 나무하러 가자

쌓인 낙엽 부러진 잡목
긁고 주워 엄똥여¹⁾ 지고
석양 산로 내려올 제
손님 보고 절을 하니
품 안에 있는 산과山果
땍땍그를 다 떨어진다 얼럴

비 맞고 갈한²⁾ 손님 술집이 어데 있노
저 건너 행화촌을 손을 들어 가리키자
뿔 굽은 소를 타고 단적短笛을 불고 가니
임금이 보더라도 나를 부러하리 얼럴

---

1) 얽어서 동여맨다는 뜻.
2) 목마른.

풋나무 베는 소리

(후렴) 올라간다 올라간다
　　　대마루봉으로 올라간다

기러기는 다 날아가고
두루미어차 두루미어차 (후렴)

삼년 묵은 야들매기에
스러져 넘어간다 (후렴)

또 묶었구나 또 묶었구나
나무 한 단을 또 묶었구나 (후렴)

나무 베는 소리

(후렴) 에헤이 에헤 에헤 어헤이

허ㅎ오어허으 어허어요 (후렴)

허수아비[1] 또 온다 또 베자 (후렴)

어더이마 허물꼬 허수아비 또 왔다 (후렴)

상투 꼬치 생긴 모양 섶단 베어라 (후렴)

내리굴릴려면 머리 위로 훌쩍 굴려라 (후렴)

내려간다 동무들 보아라 담배 한 대 피지 (후렴)

열닷 냥 곱샀 허수아비에게 청구하자 (후렴)

이마에 흘리는 땀이 뼛물이로구나 (후렴)

엣다 받아라 섶단 간다 거꾸로 바로 잘 세워라 (후렴)

집에 가면은 또 허리증이로구나 (후렴)

나무 복판에 돌멩이 넣어서 묶어라 (후렴)

부잣집 맏며느리 알땀을 내주자 (후렴)

욕이나 하면은 궁둥춤 춰 보고 (후렴)

붙들리면은 정배[2]나 가자꾸나 (후렴)

---

1) 벌목장을 감독하는 사람.

2) 귀양살이.

엽초 담배 고깔 담배 입에다 물고서 베자 (후렴)

한번 양지면 한번 음지로다 (후렴)

인정의 괄세를 네 그리 마라 (후렴)

톱질 소리 1

어기야홍애 홍애로구나 요 산중에 놀던 남기
살먹[1] 같은 요내 톱은 오늘날로 몸 갈라간다

접군[2]님네 일심동력 먹통줄을 선생 삼아
오런시민 다 오려진다 사르릉 살짝 낭 먹어간다

붓대 심고 글씨 씀은 선비님네 헐 일이여
쟁기 심고 밭 갈기는 농부 아니 헐 일이여

물도 싸민[3] 여울이 나곡 낭도 싸민 가를[4]이 난다
대통 심고 낭 오림[5]은 우리 님이 헐 일이여

---

1) 뱀 이름.
2) 톱질하는 일꾼.
3) 썰면. 켜면.
4) 가루.
5) 나무 켜는 것.

톱질 소리 2

실근실근 톱질이야 실근실근 톱질이야
이 남기는 무슨 남기냐
이 남기는 이깔남기냐
소남기냐 참남기냐

스르륵 스르륵 톱질이야
소남기는 숫이 커서[1] 삼칸 집을 돌려 짓고
실근실근 스르릉 스르릉
참남기는 세게 나가고 무른 남기는 이깔남기라

---

1) 키가 커서.

우야호 남기 간다

어떤 낡은 팔자가 좋아 우야호 남기 간다
대들보 되어 가고 우야호 남기 간다
어떤 남기 팔자가 못해 우야호 남기 간다
칙간붙이[1]로 되어 가나 우야호 남기 간다
잔솔밭에 옹이도 많다 우야호 남기 간다
시내 강변에 잔돌도 많다 우야호 남기 간다
시집살이에 잔말도 많다 우야호 남기 간다

■ 큰 나무를 베어서 산 밑으로 굴리면서 부르는 노래이다.
1) 뒷간 지을 재목.

배따라기 1

윤하윤절[1]은 다 지나가고
황금단풍이 되돌아오누나
에 지화자 좋다

천생만민의 필수 직업이 다 각각 달라
우리는 구태여 선인船人이 되어
먹는 밥은 사자밥이요 자는 잠은 칠성판이라
옛날 노인이 하시던 말씀
속인 속담으로 알아들었더니
금월 금일 당도하여
우리도 백년을 다 진토록 내가 어이 살거나
에 지화자 좋다

이럭저럭 행선하여 나아가다가
좌우 산천을 바라보니
운무는 자욱하여 동서 사방 알 수 없구나
영좌님아 쇠[2] 놓아 보아라

---

1) 여름철.

해주의 용당포가 어디로 붙었나
에 지화자 좋다

연파만리 수로창파 불려를 갈 적에
뱃전은 너훌너훌 물결은 출렁출렁
해도海濤 중에 당도하니
바다에 초3)라는 것은 돌이로구나 만났더니
배쌈4)은 갈라지고 농천5) 끊어져
돛대는 부러져 삼절이 나고
깃발은 찢기어 환고락할 제
검은 물은 머물머물하여
죽는 자는 부지기수라
돛대 차고 만경창파에 뛰어드니
갈매기란 놈은 이내 배를 타고
상어란 놈은 이내 발을 물고
지근지근 게당길 적에
우리도 세상에 인생이라고 생겨를 났다가
강호에 어복중魚服中 장사葬事를 내가 어이할거나
에 지화자 좋다

2) 나침반.
3) 암초.
4) 뱃전 언저리를 돌아가며 나무로 덧붙여 둘러싼 것.
5) 돛을 세우는 버팀줄.

이리저리 불려가다가 천행으로 고향선을 만나

건져 주어 살아를 나서 고향으로 돌아올 적에

원포귀범[6]에다 돛을 달고

애내 일성에[7] 북을 두리둥실 치면서

좌우 산천을 바라를 보니

산이라도 예 보던 산이요 물이라도 예 보던 녹수라

해 지고 저문 날에 잘새는 깃을 찾아 무리무리 다 날아들고

야색은 창만한데 갈 길조차 아득하구나

때는 마침 어느 때냐 금추수秋 팔월 십오일야에

광명 좋은 달은 두릿 두둥실 밝아를 있고

황릉묘 상에 두견이 울고 원제객산猿啼客散에 잔나비 휘파람 소리[8]

가뜩이나 심란한 중에

서북 강남 외기러기는 안성雁聲으로 짝을 불러

한수로 떼 떼 떼 울면서 감돌아들 제

다른 생각은 아니 하고

동정숙식[9] 하시던 동무의 생각에 눈물 나온다

에 지화자 좋다

---

6) 먼 바다에서 포구로 돌아오는 배.

7) 배 젓는 소리에.

8) 황릉묘는 순임금의 두 부인인 아황과 여영의 사당인데, 여기서는 오래된 무덤을 뜻하는 말로 쓰였다. '원제객산'은 '잔나비 울고 손들은 흩어지는데'라는 뜻.

9) 한솥밥을 먹고 함께 산다.

배따라기 2

(후렴) 이에에야 어그야지야 얼싸 좋다

천생만민 직업이 달라 천만 가지 일 중에서
이내 인생은 구태여 선인이 되어
입은 옷은 원웅이오 타고 다니는 것은 칠성판이라
이렁저렁 행선하여 말치 밖 썩 내달으니
모진 광풍이 진작하여[1] 이리저리 불려를 갈 제
영좌님아 쇠 놓아 보아라
평양의 대동강이 어디로 붙었나 (후렴)

연파만리 수로창파에 이리 한참 불려를 갈 제
안개는 자욱하여 지척 동서를 분변치 못하는 중
잔나비 휘파람 슬피 불고
홀로 떠가는 저 기러기 짝을 불러 슬피 우니
다 썩고 남은 간장 어이 마저 다 녹여내나 (후렴)

뱃머리는 빙빙 물소리는 출렁출렁

---

1) 세찬 바람이 일어나서.

물결은 산악 같아여 일변 치빠져 둥영칫배 되고
바다에 취[2]라는 것은 돌보다도 더한 것이라
배는 취에 지끈 바쪼아 뱃장은 쪼개져
검은 물은 콸콸 솟아 들고 돛대는 부러져 삼동이 나고
사십 명 동무가 다 자빠지고 단 세 명이 남아
돛대 차고 물에 뛰어를 드니
갈매기란 놈은 등을 파고
상어란 놈은 뒷다리를 당길 제
장부의 간장이 춘설春雪이로구나 (후렴)

돛대 차고 물에 뛰어들어 망망무제한 대해 중에
실낱같은 세 목숨이 어느 곳으로 향하잔 말인가
다만 오는 것은 졸음이요 생각나니 고향이로다
비나이다 비나이다 산신 후토[3] 일월성신
실낱같은 우리 세 목숨을 살려 달라고 비나이다 (후렴)

동서를 분변하지 못하고 이리저리 불려 다니다가
요행으로 고향 배를 얻어 만나
다시 환고향하게 되니 기쁜 마음은 측량없건마는
사십여 명 동무의 간절한 생각을 하고 보면
이내 일신도 어복魚腹에 장례하여

---

2) 암초.
3) 땅을 맡아 다스리는 신.

동무의 고혼이라도 위로를 하련마는
사생의 길이 고르롭지 못하여
이내 인생은 다수 동무들을 창파에다 장례하고
돌아가는 심사인들 좀 여북하단 말인가 (후렴)

이러저러 행선하여 말치 안 들어서서
남포 항구를 얼른 지나 문어귀 안 썩 들어와서
요포 숙진이며 만경대 송애여울
한 여울 얼핏 넘어 가마여울 다다르니
산이라도 예 보던 산이요
물이라도 예 보던 물이로다 (후렴)

가마여울 썩 넘어서서 육로문 밖 얼핏 지나
동포루에 배를 매니 이날은 여느 날이 아니라
이내 일신이 죽은 날이라고 죽은 혼이라도 위로하려고
우리 장손이 어미가 녹두쌀 씻으러 강변에 나왔다가
나를 보더니만 혼비백산하여 꿈인지 생신지
생신지 꿈인지 분변치 못하고 멍청하니 서 있더라 (후렴)

일순 후에[4] 장손이 어미 와르륵 달려들어
섬섬옥수로 부여잡고 호천망극[5]해 하는 말이

---

4) 잠깐 뒤에.
5) 하늘을 부르며 감동한다.

이것이 웬일인가 하늘로서 떨어지며

땅으로서 솟아나며 바람길에 불려오고

구름길에 싸여 왔나 하며 서로 붙들고 울음 우니

인리제인隣里諸人과 일가친척이 모두 다 모여

비환이 교집하며⁶⁾ 한참 울음 울 제

옆 댕집 돌쇠 어미 와 다닥 달려들어 하는 말이

여보 이것이 웬일이요 장손이 아버지는 왔건마는

우리 가장은 어이하여 아니 온단 말이요

이리 한참 말할 적에 처자 권속과 부모 동생들이 하는 말이

이후에는 밥할 것 죽을 쑤고 죽 먹을 것 물을 먹어도

제발 덕분에 뱃놈 노릇은 하지 마라 (후렴)

---

6) 슬픔과 기쁨이 뒤섞이며.

자진배따라기 1

여보시오 동무님네
이내 말씀을 들어들 보시오
금년 신수 불행하여 망한 배는 많았거니와
봉죽을 받은 배 떠들어옵니다

봉죽을 받았단다 봉죽을 받았단다
오만 칠천 냥 대봉죽을 받았다누나
지화자자 좋다 이예 어그야 데그야
지화자자 좋다

얼마나 받았습나 얼마나 받았습나
오만 칠천 냥 여섯 곱절 받았다누나
지화자자 좋다 이예 어그야 데그야
지화자자 좋다

■ '자진배따라기' 는 '봉죽 타령' 이라고도 한다. 봉죽鳳竹은 대나무 장대에 오색 종이꽃을 단 깃발
로, 고기잡이 나간 배가 만선으로 돌아올 때 꽂았다. 황해도 바닷가 지방에서는 고기가 많이 잡히
면 '봉죽 받았다' 고 한다.

돈을 얼마나 실었든지 간에
안탁에 물이 차잘찰 넘는다누나
지화자자 좋다 이예 어그야 데그야
지화자자 좋다

십리 밖에서 북소리 둥둥 나더니
선창머리에 배 들여 맨다누나
지화자자 좋다 이예 어그야 데그야
지화자자 좋다

배 쥔집 아주머니 치마폭 벌리소
금가락지 팔아서 술 받아온다누나
지화자자 좋다 이예 어그야 데그야
지화자자 좋다

배 쥔집 아주머니 돈 날라 들일래기
왼편 궁뎅이에서 자개바람[1]이 일었다누나
지화자자 좋다 이예 어그야 데그야
지화자자 좋다

청남 청북[2]에 널리신 재물이여

---

1) 요란한 소리를 내며 빠르게 일어나는 바람.
2) 청천강 남쪽 바다와 청천강 북쪽 바다.

수양산 수하에 오르내리는 재물은
배주인 집으로 다 실어들이누나
지화자자 좋다 이예 어그야 데그야
지화자자 좋다

자진배따라기 2

봉죽을 질렀네 봉죽을 질러
우리 배 쌍대에 쌍죽을 질렀네

(후렴) 후예예혜 으아으아

올라갈 적엔 사리화 피우고
내려올 적엔 만장화 피운다 (후렴)

배임자 아주머니 인심 좋아
만득 딸 길러 화장아이[1] 주었네 (후렴)

전검도 노고지[2] 술 빚어 놓고
어느나 독에서 술맛을 볼까 (후렴)

돈 실러 가세 돈 실러 가세
연평 바다로 돈 실러 가세 (후렴)

---

1) 배 안에서 밥 짓는 아이.
2) 노구쇠의 이름. 노구쇠는 솥처럼 생긴 큰 그릇.

어영도 칠산 다 쳐먹고
석호 바다로 돈 실러 가세 (후렴)

배임자 아주머니 정성 덕에
첫 정월부터 치는 북을
오월 파종³⁾ 내둘러 치누나 (후렴)

배임자 아주머니 인심 좋아
콩나물 술동이 이고서
다리 발 아래서 쌀쌀 기누나 (후렴)

---

3) 오월 농사철이라는 뜻.

연평 바다로 돈 실러 가자

돈 실러 가잔다 돈 실러 가자
연평 바다로 돈 실러 가자
지화자 좋다 에에헤헤요
연평 바다에 널린 고기
다무 한 쌍만 종자로 남기고
우리나 그물로 다 휘어들이자
지화자 좋다 에에헤헤요
내리들 갈 적엔 장해발[1] 띄우고
올라올 적엔 예밀대 꼬작에[2]
대봉죽 지르자

■ 이 노래는 여민락 가락으로 부른 어부가이다. 여민락은 나라 잔치 때 쓰는 아악인데, 뒤에 아악과
  는 상관없이 길게 부르는 곡조들의 이름으로 쓰이기도 하였다.
1) 긴 깃발.
2) 뱃머리 꼭대기에.

배 떠나는 소리 1

달은 밝고 명랑한데 어야디여차
고기잡이를 나가잔다네

(후렴) 어야디여 어야디여차 어어 어야디여차

흑수 바다에 배 띄워라
물도 깊고 바람세 사나운데 (후렴)

일진풍에 돛을 달고
청풍명월에 반취하여
월궁항아 벗을 불러
십리 장강 내려간다 (후렴)

낚은 고기로 회를 치고
불로초로 술을 빚어
만년배 일배주로
요지연[1]에 꿈이로다 (후렴)

---

1) 신선들이 요지라는 연못가에서 베풀었다는 잔치.

달은 밝고 명랑한데
고향 생각 절로 난다
가뜩이나 심란한데
두견새는 왜 우느냐 (후렴)

배 떠나는 소리 2

먼동이 밝아오니
에헤이 배 떠난다
닻 감아라 닻 올려라
만리 동해로 달려가자

바람은 순풍이요
파도는 잠자는데
어여차 배를 놓아
일사천리 달려가자

어부들 합심하여
먼 바다에 달려가며
어여차 고기 떼가
우리를 기다린다

어기어차 어기어차
에헤이 달리는 배
갈매기도 잠을 깨어
함께 가자 우짖누나

배가 떴다

(후렴) 에야 에야디야 에야디야

배가 떴다 배가 떠 하늘이 높고 갈매기 운다 (후렴)
순풍은 분다마는 돛 내리고 삿 올려라 (후렴)
고향 생각 절로 나니 옛 산천이 가깝구나 (후렴)
님 날 적에 내 났으면 동생동락하련마는 (후렴)
산천초목에 노을이 비치니 석양 심사 구슬프다 (후렴)
어기어기 어기여차로구나 고기를 잡아야 배 돌리지 (후렴)
달이 뜨니 물이 차구나 찬 바다 위에서 집 생각 나네 (후렴)

그물 당기는 소리

어이차 어이차
하자 하면 일심이 져서 어이차
마자 하면 불심이 져서 어이차
이왕지사 쥔 그물 어이차
아니 빼고 못 배긴다 어이차

날바 소리

이내 망자[1]를 날바 가지고 날바
새 고기 잡으러 가세 날바
날바여라[2] 날바여라 날바
우리 힘을 다 합하여 날바
어군의 우세 쟁취하세 날바
날바날바 날바 보세 날바

(후렴) 날바 내자 날바날바
　　　날바날바 보자 날바

그물코 삼백 코에 날바
한 코도 남기지 않고 날바
명태 대가리 오글오글 날바
청기 홍기를 높이 달고 날바
우리 배는 명태 만선 날바
전초도를 돌아든다 날바 (후렴)

▪ 그물을 당기면서 부르는 노래이다.
1) 그물.
2) 고기를 날라내어라.

날바 소리

날바 내자 날바 내자
날벌 내자 날벌 내자
날버라 날버라 이 망자 날버라

날벌 내자 날벌 내자
날벌 내자 날벌 내자
이 망자를 날바 보자

날벌 내자 날벌 내자
빨리 빨리 날바 내자
정신 차려 날바 보자
날벌 내자 날벌 내자

날바 소리

동지섣달 긴긴밤에
닭 개 짐승 잠드는데
이내 팔자 무슨 팔자
날바 내자꾸나

이내 팔자 기박하여
설한풍을 무릅쓰고
그물 깁기 내 바쁘다
날바 내자꾸나

청기 홍기 높이 달고
우리 배는 명태 만선
전초도를 돌아든다
날바 내자꾸나

뱃노래 1

여보게들 물때가 되었으니 빨리들 일어나게 예
그물을 다 씻었는가 그러면 단단히 씻게

어이야사 어이야사 어이야사
깨끗이 씻어라 비늘이 어이야사
냄새가 냄새가 나게 되면 어이야사
고기가 안 든다 어이야사
노를 저어라 어이야사
빨리들 떠나세 어이야사
그물을 깨끗이 씻었으니 어이야사
채비가 되었으니 어이야사
가세 잡으러 가세 어이야사
여기는 거제 앞바다겠다 어이야사
한산도 섬을 가네 어이야사
배를 저어라 어이야사
이야 어기야디야 어허야
공주섬이다 어이야사
강산촌 앞바다다 어이야사
새섬 앞바다다 어이야사

배를 저어라 어이야사
밤이 깊다 어이야사
대섬으로 가자 어이야사
어서 가자 어이야사
청풍명월이 좋다 어이야사
만경창파는 어이야사
우리네 일터다 어이야사
노를 저어라 어이야사
바다는 어이야사
충무공이 어이야사
주인공이다 어이야사
배를 저어라 어이야사
앗다 고기가 어이야사
많이 들었다 어이야사
고기가 한 배 어이야사
가득 찼구나 어이야사
깃발을 달아라 어이야사
노를 저어라 어이야사
깃발을 들어라 어이야사
선주님 좋겠다 어이야사
선주님 얼굴 봐라 어이야사
선주님 잡고 어이야사
술 많이 달라 조르세 어이야사
만포장이다 어이야사

뱃노래 2

어기이여차
영차 영차

우리 배 배임자 신수가 좋아서
칠산 연평에 도장원하였단다[1]
어요에 어이야

우리 배 사공님 신수가 좋아서
안암팎 두 물에 수만금 벌었네
어요에 어이야

우리 배 영장[2]님 신수가 좋아서
허리띠 고작에 봉기를 꽂았네
어요에 어이야

우리 배 화장님 정심이 좋아서

---

1) 칠산도와 연평도 바다에서 고기 잡는 데 첫째를 했다는 뜻.
2) 여러 사람이 모인 자리에서 가장 나이도 많고 경험두 많은 사람.

안암팎 두 물에 만선이 되었네
어요에 어이야

가노라 간다 우리 성가님
고기 몰아 싣고 우리 고향 찾아간다
어요에 어이야

뱃노래 3

창해 만리 머언 바다에 뜬
외로운 등불만 반짝거린다

(후렴) 에야루야노야 에야루야노

에야루야루야 에루야 야루야
부딪치는 파도 소리 잠을 깨우니
들려오는 그 소리 처량도 하구나 (후렴)

이쪽에다 님을 두고 못 보는 마음
길고 긴 가을밤을 한숨에 깨니 (후렴)
가노라 가노라 나는 간다니
멀고 먼 바다로 나는 간다니 (후렴)

님 죽고 내 살면 무얼 하나
한강수 깊은 물에 빠져나 죽지 (후렴)
반나마 늙은 몸 다시 젊지는 못해
백발만 부여잡고 신세 한탄만 하네 (후렴)

뱃노래 4

어기노 야노야
어기노야노 어기노야노
어기노 야노야

배 저어라 배 저어라
흑산도 모랭이 달이 떴다
은파만경 맑은 바다
어서 가자 벗님네야

어서 가면 님을 보고
늦어가면 비를 맞고
천지가 아득한데
이 배 한 척 외롭구나

어기노 야노야
어기노야노 어기노야노
어기노 야노야

뱃노래 5

어허리야 어허리야 어야디야 어허리야
바람에 불려가나 물결에 밀려가나
돛배는 간다마는 갈 길 없는 이 신세야

어허리야 어허리야 어야라차 어허리야
닻줄을 감자 하니 동남풍이 이는구나
뱃머리 돌리자니 고향 산천 굽어든다

어허리야 어허리야 어야디야 어허리야
앞 델 개가 있나¹⁾ 울며 잡을 님이 있나
갈매기만 우는 바다 노을만 잦는 바다

어허리야 어허리야 어야라차 어허리야
만경창파 배가 뜨고 배 위에는 내가 타고
내 위에는 하늘이요 내 밑에는 바다로다

어허리야 어허리야 어야디야 어허리야

---

1) 포구가 있나.

재수 사망 좋을 때는 그물발도 나련마는[2]
고기 떼도 제 살자고 감돌아만 가는구나

---

2) 운이 좋을 때는 그물에 고기도 잘 들련마는.

뱃노래 6

연평 바다에 뛰는 조기
우리 배 그물로 다 들어왔네
지화자 좋다 에헤 어 어허요

임 장군님[1] 덕택으로
복 많으신 배 임자님
바다도 도장원하였구나
지화자 좋다 에헤 어 어허요

배 임자네야 아주머니
말굴[2] 같은 금가락지
부짓따[3] 같은 금비녀에
약주 술독 계다 쌍수박 같다
지화자 좋다 에헤 어 어허요

---

1) 연평도에 임경업 장군을 기리는 사당이 있다. 뱃사람들은 임경업 장군 덕분에 조기를 잡게 되었
   다 믿어, 뱃길을 수호하는 신으로 모시고 있다.
2) 말굴레.
3) 부지깽이.

오동추야 달 밝은데
조기 잡기가 재미가 난다
지화자 좋다 에헤어허
어허어허 하예헤요

뱃노래 7

어기여차 배 띄워라
연평 바다로 고기잡이 가잔다
에헤야 어이야 데야 에헤야

오동추야 달 밝은데
고기 낚기가 재미나네
연평 칠산에 널린 조기
한 쌍만 남기고 다 잡아라
에헤야 어이야 데야 에헤야

뱃노래 8

에헤이에 돛을 올려라
실안개 걷고 마파람[1] 솔솔 분다
이 배 한 행보 갔다만 오면은
양전옥답에 기와집을 사고
늙은 부모 호의호식
어린 자식 영화라네

에헤이에 뱃머리 돌려라
구름이 떴다 알섬이 멀었구나

우리 부모 날 곱게 길러
뱃사공 노릇을 왜 시켰는고
망망대해 집을 삼고
반백발이 다 되었네

에헤이에 떴다 달이 떠
달빛 아래서 고기들이 뛰는구나

---

1) 남풍.

그물을 풀자고 하니
코코이도 맺힌 그물
천 발인가 만 발인가
이내 인생 사는 길도
그물같이 상처만 가네[2)]

뱃노래 9

어가두야 산이로구나 아어허요

노자 젊어 노자
이팔청춘 늙어지면
아니 노든 못한다 아

너는 뉘며 나는 뉘냐
상사불망의 내 님이구나
아이여차 디여차 배 넘어간다

서른닷 발 정강선
닻 감는 소리 정녕하다 아

이야뒤야 넘어간다
우리가 살면은 몇백 년 살며
아명 살아도[1] 단팔십밖에
더 못 산다 아 어요

---

1) 아무리 살아도.

떴다 동남에 샛별이 떴다 아어

대정 성낭[2] 어진 성낭 아어
정의 성낭 애미 성낭이라 아
성안 성낭 도령님 성낭이라 아

떴다 난바다에 큰 배가 떴다
창파 만리 오고 가는 왕래선이로구나

대항구[3]가 떴다 아
또 떴다 상피왕이 떴다 아
타고 다니는 것은 칠성판이요
이고 다니는 것은 명정포[4]로다
아에야 못 헐리라

어허 하나님 모진 광풍 부지 마소서 아
모진 광풍은 쓸어버리고 공등칠성단[5] 무어서
순풍에 돛을 달아 만리풍파를 무사히 나가 보세

---

2) 서낭, 성황.
3) 대포.
4) 죽은 사람의 얼굴에 씌우는 천.
5) 순풍이 불라고 축원하는 제단.

뱃노래 10

에와라 놓아라 금붕어 둥둥둥
보름달 신고 에와라 님 보리
한 토막 싹둑 두 토막 싹둑
님 얼굴 곱구나 보름달 닮았네

마음도 보름달 수안[1]도 보름달
천년만년 살고지고 또 만년 살고지고
에와라 놓아라 금붕어 둥둥둥

---

1) 수염과 얼굴. 곧 얼굴 모습이란 뜻.

뱃노래 11

꿈아 꿈아 무정한 꿈아
너는 어이 먼 고향에 갔다 왔느냐
당상 기숙[1] 안녕하며
어린 처자도 잘 있더냐
만단설화 하려 할 제
파도 소리에 놀라 깨니
맹랑하고 허사로구나
일장춘몽이 날 속였네

---

[1] 부모. 당상은 부모가 거처하는 곳을 말하고, 기숙은 나이가 많은 사람을 말한다.

어부 노래 1

어허디야 어허디야
으호뒤야 으호뒤야
어이여라 배 띄워라
우리 인생 죽어지면
모든 것이 허사로다
어기여차 배 띄워라
호의호식 못 해 보고
수중에서 생장하여
수중으로 다니기는
육지같이 다니면서
해중 풍파 다 겪다가
아차 실수 하게 되면
고기밥을 면할쏘냐
어떤 놈은 팔자 좋아
고대광실 높은 집에
남녀 노비 거느리고
호의호식 하는구나
우리 팔자 기구해서
어부 몸이 되었구나

이놈 팔자 기박하여
정처없이 다니다가
아차 실수 하고 보면
부모 형제 못 보고서
수중혼水中魂이 되나 보다
어야디야 어야디야
이놈의 팔자 보소
부모처자 생이별로
이곳 저곳 내버리고
죽을 곳을 알면서도
할 수 없이 가는구나
어야디야 별수 있나
우리 생업 이것이니
이것저것 생각 말게
천생 직업 할 수 있나
어허디야 닻 감아라
돛 달아라 배 띄워라

어부 노래 2

섬 지나 바다로다 바다 지나 또 섬인데
갈매기 춤을 추고 물새는 노래하네
조는 듯 흰 돛 두세 개 오가는 줄 몰라라

별도 어부처럼 어부도 별처럼
하늘이 바다인가 바다가 하늘인가
수천이 방불한[1] 저기 악樂 소리 들려라

섬 지나 물결 지나 이 배를 저어 가면
어느 개 어느 말에 누구를 찾아가나
그린 님 못 만날 바에야 다시 돌아 안 오리

---

1) 바다가 하늘 같고 하늘이 바다 같은.

어부 노래 3

나는 죽네 나는 죽네

임자로 하여금 나는 죽네

나 죽는 줄 알 양이면

불원천리 하련마는

동삼월 계삼월에

회양도 봉봉 돌아나 보소

애 남아 애일쏘니

박랑사중博浪沙中[1] 쓰고 남은 철퇴

천하장사를 주어

깨치리라 깨치리라

이별리 자 깨치리라

가세 가세 자네 가세

가세 가세 놀러 가세

배를 타고 놀러를 가세

지두덩기어라

둥개둥덩지로 놀러를 가세

---

1) 중국 진나라 무양성 남쪽에 있다. 장량張良이 역사力士들을 시켜 진시황을 철퇴로 습격한 곳으로
유명하다.

장산곶 타령

장산곶 마루에 북소리 나더니
금일도 상봉에 님 만나 보겠네
에헤야 에헤야 에헤야 에헤야
님 만나 보겠네

갈 길은 멀고요 행선은 더디니
늦바람 불라고 정성을 드렸네
에헤야 에헤야 에헤야 에헤야
정성을 드렸네

벗도 보고요 놀고도 가고요
몽금이 기암포[1] 들렸다 가려마
에헤야 에헤야 에헤야 에헤야
들렸다 가려마

들렸다 가거라 놀다만 가거라
몽금이 기암포 들렸다 가거라

---

1) 황해도의 포구 이름.

에헤야 에헤야 에헤야 에헤야
들렸다 가거라

몽금이 뒷산에 선풍은 불어도
고깃배 소리에 갈매기 우누나
에헤야 에헤야 에헤야 에헤야
갈매기 우누나

앞 강에 뜬 배는 낚시질 배고요
뒷강에 뜬 배는 님 실러 온 배요
에헤야 에헤야 에헤야 에헤야
님 실러 온 배요

님 실러 올 적엔 반돛을 달고요
님 싣고 갈 적엔 찬돛을 달고요
에헤야 에헤야 에헤야 에헤야
찬돛을 달고요

바람세 좋다고 돛 들지 말고요
몽금이 기암포 들렸다 가세
에헤야 에헤야 에헤야 에헤야
들렸다 가세

장산곶 말래 뜬 중선

늦바람 불라고 서낭님 조른다
에헤야 에헤야 에헤야 에헤야
서낭님 조른다

장산 바구니[2] 살기는 좋아도
돈 닷돈 그리워 못 살겠네
에헤야 에헤야 에헤야 에헤야
그리워 못 살겠네

---

2) 장산곶 부근의 고을 이름.

게 잡는 노래

쓰고 달고 된장 먹지
우리 어머니 날 보내고
들성날성 기다리신다
등불아 등불아 죽지나 마라
우리 어머니 기다리는데
등불 죽으면 어떻게 가나
암만해 갈거이[1] 다섯 마리다
우리 어머니 쓰고 달고 된장 먹지
갈거이 다섯 마리
어떻게 가지고 가나

---

1) 바다 게. 정주에서는 가을에 나오는 게를 '갈거이' 라고 부르기도 한다.

이어도사나 1

이엿산아 이엿산아
서산에 지는 해는 지고 싶어 질쏘냐

(후렴) 이엿산아 이엿산아 이엿산아 이엿산
　　　이엿산아 이엿이엿이엿 이엿산아 이엿산아

산 설고 물 선데
누굴 믿고 나 여기 왔냐 (후렴)

우리 부모 날 날 적에
해초 영업 시키려고 날 낳았던가 (후렴)

요 배를 타고 요 노를 저어
진도 가포 홀로 가네 (후렴)

날 살려요 날 살려요 요 금전아 날 살려요
요 금전 아니라면 수천 리 타향에 누굴 믿고 나 여기 왔나 (후렴)

▪ '이어도사나'는 제주도 해녀들이 배를 타고 바다로 나가면서 부르는 노래이다.

날 울리네 날 울리네 요 금전이 아니라면
남편네 버리고 수천 리 나 여기 왔나 (후렴)

서산에 지는 해는 지고 싶어 질 것인가
나를 두고 가는 님은 가고 싶어 갈쏘냐 (후렴)

만리장성 뻗은 닻은 좀좀이나 살려 놓고
나의 몸 흩어진 건 어느 누가 걷잡아 줄까 (후렴)

한쪽 손에 태왁 들고 한쪽 손에 빗장 들고[1]
한길 두길 수 깊은 물속에 들어가니 저승길과 갈라지네 (후렴)

우리 모친 돌아가면 은전으로 산담[2]할까요
우리 부친 돌아가면 지화로 봉토를 할까요 (후렴)

우리 자식 자라나면 연주판[3]을 시킬까요
홍주판을 시킬까요 (후렴)

시내 강변에 잔짝지[4]도 많구요
나에나 집안에 잔말도 많아요 (후렴)

---

1) 태왁은 해녀들이 물 위에 올라와 있을 때 몸을 의지하는 속이 빈 박. 빗장은 팔목에 끼는 칼.
2) 비석.
3) 연주 고을의 원.
4) 자갈.

이어도사나 2

이여싸 이여도싸나
이여처아 배 오른다 뒤여차아 닻 감아라
동녘 하늘 밝아 온다 갈매기는 잠 깨었네
이여싸 이여도싸야

이여싸 이여도싸나
이물[1] 맡은 이 사공아 고물 맡은 고 사공아
물때 점점 늦어간다 화장애야 네 걸어라
이여싸 이여도싸야

이여싸 이여도싸나
산덤 같은 절 고개에 젓다 남은 네로구나
바람 받아 센 물줄에 젓다 남은 네로구나
이여싸 이여도싸야

이여싸 이여도싸나

---

1) 배의 앞쪽. 고물은 배의 뒤쪽.

요 벤들레²⁾ 마사지면
너 삼베가 없단 말가 곧은 남기 없단 말가
이여싸 어여도싸야

이여싸 이여도싸나
요 눗덩이³⁾ 살쪘구나 구름 먹고 살쪘을까
바람 먹고 살쪘을까 둥실둥실 살쪘구나
이여싸 이여도싸야

이여싸 이여도싸나
우리 배는 잘도 간다 참매 새끼 날아가듯
앞발로는 허부치며 뒷발로는 거두치며
이여싸 이여도싸야

이여싸 이여도싸야
요 물줄은 잘도 간다 요 한목을 넘겨 쳐라
스무남은 설남은에 요 한물을 버칠 말가⁴⁾
이여싸 이여도싸야

이여싸 이여도싸나

---

2) 노를 거는 밧줄.
3) 모양이 둥그스럼한 파도.
4) 스무 살, 서른 살에 이만한 물에 힘겨워한단 말인가.

요 노를 졌자 요 노를 졌자
좁은 목에 벼락 치듯 쳐라 쳐라
한맘으로 굴엿목[5]을 넘겨 쳐라

---

5) 물살이 센 곳.

이어도사나 3

저 산추에 풀잎은 죽었다가 살아나고
우리 부모 한번 가면 다시 못 오는다

우리 인생 초로인생 한번 가면 못 오는다
이어도사나 이어도사나

바늘같이 약한 마음 칼날 같은 남편을 만나
백년 동거 하겠더니 단 백일도 못 살리라
이어도사나 이어도사나

양태 노래 1

이연이연 요놈의 양태
걸여지라 걸여지라
한 코 두 코 신랑코여
요놈의 양태 걸여지라
걸여지라 한 코 두 코 그물코여

요놈의 양태 걸여지라
걸여지라 한 코 두 코
요놈의 양태 걸여지라
걸여지라

내일모레 장날이여
쉬지 말앙 어서 하라
한 코이여 두 코이여
한 코이여 두 코이여

▪ 제주도 여성들이 갓양태를 뜨면서 부른 노래이다. 갓양태는 갓 밑 둘레 밖으로 둥글넓적하게 된
부분.

양태 노래 2

나 동침아[1] 나 동침아
서울놈의 술잔 돌듯
어서 속히 돌아가라
이 양태로 큰 집 사곡
이 양태로 큰 밭 사곡
늙은 부모 공양허곡
일가방상 고족허곡[2]
이웃사촌 부주허게[3]

---

1) 내 바늘아.
2) 일가친척 돌봐 주고. '방상'은 '친척'의 제주도 말. '고족'은 장례 때 부조하는 떡이나 쌀. '고적'
   이라고도 한다.
3) 부조해 주게.

양태 노래 3

수로로 천리 육로로 천리
삼천리를 고중에 들어와서
저기 앉아 양태 트는 저 처녀야
저 산 일홈 무엇인고

나도 양태 틀어 부모 공양하느라
그 산 일홈 몰랐더니
옛적 노인 일러 전한 말이
제주 한라산이라 합디다

해녀 노래

볕 난 날에 어데 비 오리
제주 영산[1] 드리운 빗발
설운 정녀貞女 눈물이러라
눈물 소沼에 배란 새워
한숨으로 저으며 가세

해녀 노래

원의 아들 원 자랑 마라
신의 아들[1] 신 자랑 마라
홑베개에 나 혼자 자는
원도 신도 저 홀디 없다[2]

---

1) 한라산.

1) 고을 관리의 아들.
2) 대수롭지 않다는 뜻.

말몰이 노래 1

월렁절렁 말몰이 이랴 낄낄 말몰이
해도 해도 저문 해에 안산이 멀었다
어서 가자 오추마[1]야 암망아지 너도 뛰어라

월렁절렁 말몰이 이랴 낄낄 말몰이
어디만침 왔다더냐 영천이 멀었다
어서 가자 얼룩이 백망아지 너도 뛰어라

---

1) 검은 말.

말몰이 노래 2

어라어라 비켜서라 말이 간다 비켜서라

청산 만리 가시는 님 배를 탈까 말을 타지
말 위에다 안장 얹고 안장 위에 담요 얹고
담요 위에 북두[1] 매고 부담말[2]로 가시잔다
어라어라 비켜서라 말이 간다 비켜서라

가야산 열두 고개 진등 고개 제일 멀다
초립동이 새신랑이 까닥까닥 타고 가네
작아도 신랑이라 피야말[3]만 타고 가네
어라어라 비켜서라 말이 간다 비켜서라

---

1) 말 등에 짐을 실을 때 짐을 말의 몸에 든든히 붙들어 매는 밧줄.
2) 말잔등에 작은 농을 싣고 그 위에 사람이 타게 꾸민 말.
3) 큰 암말.

풀무 노래 1

풀무 풀무 풀무야 불어라 딱딱 풀무야
이쇠 저쇠를 다 녹이면 장기[1] 한 짐이 된단다
장기 한 짐을 지고서 징게 맹경[2]에 가면은
어얼씨구나 농사꾼 어깨춤을 춘단다

풀무 풀무 풀무야 불어라 불어라 풀무야
이 쇠 열 단을 녹이면 만수장림이 울린다
온갖 연장을 다 벼려 대산 소산에 재목을 내어
만백성이 살도록 주실[3] 천 채를 세운다

풀무 풀무 풀무야 불어라 딱딱 풀무야
동철 서철을 다 녹여 제구 기명[4]을 만들자
제구 부자는 상부자 온갖 만물을 만든다

---

1) 농장기, 농기구.
2) 김제 만경 평야. 들이 넓고 논밭이 많기로 이름났다.
3) 집.
4) 제구는 여러 가지 연장과 도구. 기명은 그릇.

풀무 노래 2

풀무 딱딱 때려라 비지땀이 나온다

(후렴) 어허로 풀무야 만대정이 난다

부잣집에 떡 치듯 장자집에 회 치듯 (후렴)
미운 놈의 뺨치듯 강도 역적 내치듯 (후렴)
어얼싸나 후려쳐 직신직신 치렷다 (후렴)
들어온다 들어와 왜놈의 종자 들온다 (후렴)
메어치고 둘러쳐 묵사발을 내렸다 (후렴)
이 대정이 이래도 팔도강산에 도대정 (후렴)
나라 근심이 많아서 풀무 목이 쉬었다 (후렴)
어서어서 벼리자 쟁기 보습을 벼리자 (후렴)
어서어서 벼리자 환도 날창도 벼리자 (후렴)

풀무 노래 3

풀무로다 풀무로다 만대장의 풀무로다
이쇠 저쇠 다 녹여서 쟁기 천 죽 만들잔다

(후렴) 불어라 딱딱 불미[1]야
　　　불미불미 불미야

달은 쇠는 오름쇠요 식은 쇠는 내림쇠라
오름쇠에 겨냥 놓아 어서 펄쩍 굴리잔다 (후렴)

엄동설한 댓바람 동해 서해 맞바람
오고 가는 바람아 풀무 안으로 모여라 (후렴)

은쇠 놋쇠 검은 쇠 동노구로 타던 쇠
온갖 잡쇠 다 모아 풀무 안으로 들어간다 (후렴)

풀무로다 풀무로다 관서 천리 대풀무
이 풀무를 불고 보면 천지 사방이 더워 온다 (후렴)

---

1) 불미는 '풀무' 의 경상도, 제주도 말.

풀무 노래 4

남산 아래 남 도령아
저 산 초목은 다 베어도
금대 호죽[1] 비지 마라
연삼년을 자라나서
휘우리라 휘우리라
낚시철제[2] 휘우리라
맹장철철 깊은 물에
잘 낚으면 연사 되고
못 낚으면 상사 된다
얼싸절싸 풍기어라

디디어라 가매로다
얼싸절싸 풍기어라
단천쇠는 모래쇠요
경상쇠는 시우쇠라
디디어라 가매로다

---

1) 금대와 호죽은 모두 대 이름.
2) 쇠 낚시라는 뜻.

얼싸절싸 풍기어라

동산 밑에 동 도령아

동산 밑에 동 도령아

남산 밑에 남 도령아

남산 낭글 다 비나마

오죽대[1]는 비지 마소

금년 길러 명년 길러

낚싯대를 삼지만은

잘 낚으면 능사[2] 되고

못 낚으면 낭사[3] 되네

능사 낭사 고를 맺어

고고이 풀고저라

1) 잎은 초록이고 대만 까만 참대.
2) 좋은 일.
3) 난사. 어려운 일.

풀무 노래 5

슬렁슬렁 불어도 만대작이 나누나
강계 칠평 붕충다리야 네 날 살려라
어깨 너머 걸싸댕기 네 날 살려라
남 자는 야밤삼경 무슨 일로 이 고생고
오금다리 흙칠하고 불구불구 불어 보자

저 건너 종종바위 날 보고 우선우선하누나
만대작 먹은 화에 환고향 하자꾸나
환고향 하온 후에 부모처자 보자꾸나
일가친척 만나본다 일가친척 만난 후에
부모 효양 좋을시구 어어야 불어 보자

풀무 노래 6

풀미풀미 어디 쇤가 함경도는 단천쇠요
황해도는 신재령쇠요 평안도는 운산쇠요
강원도는 영월쇠요 김성하니 죄판쇠요
가래골의 은골쇠요 술비쇠골 고직쇠라

이 쇠 한 채 값이 얼마
일천삼백일흔두 냥 칠푼칠세로다

메질꾼아 발맞춰라 망치질꾼아 손 맞춰라
찍게손만 뒤체주마 풍구질꾼아 자주만 불어라
작두 하나 치웠더니 쇠 한 채는 간곳없고 송곳 하나 남았구나

대장의 속이 얼만고 하니
팥두 닷 되 콩두 닷 되 피두 닷 되 삼오십오 열닷 되라
대장의 선신 무엇인고
닭 한 마리 종이 한 권 대장의 선신이다
불어라 불어

풀무 노래 7

불무 딱딱 불어라
이 쇠가 어디 쇤가
경상도는 웅벙쇠
경기도는 안성쇠
전라도는 놋봉쇠
황해도는 뭇봉쇠
불무 딱딱 불어라
석수값이 얼만가
서돈 칠푼 오릴세

풀무 노래 8

한 살 적에 어미 죽어 일년 삭망[1] 지어 먹고 푸푸
두 살 적에 아비 죽어 이년 삭망 지어 먹고 푸푸
세 살 적에 할머니 죽어 삼년 삭망 지어 먹고 푸푸
내일 저녁 어머니 제사에 앞집에 가서 풀무 불며 푸푸
고기 한 마리 얻어다가 벽장 두멍에 두었더니 푸푸
고양이놈이 들어가서 얌체없이 먹어 버리고 푸푸
뒷집에 가서 풀무 불며 쌀 한 되 빌어다 놓은 것 푸푸
얄미운 참새 새끼가 들며 날며 다 먹어 버리고 푸푸
이만하면 어떻게 하리 저만하면 어떻게 하리 푸푸
이 밤에 촛불 하나 밤새도록 밝혀 놓고 푸푸
자지나 말자 하였더니 어느 결에 잠이 들어 푸푸
깨어나니 불은 없고 하늘에는 별만 밝다 푸푸
처량할사 이내 신세 불티같이 나는 신세 푸푸
풀무 같은 숨을 쉬고 백탄같이 타는 신세 푸푸
지체[2]를 어서 놀려 풀무나 부세 푸푸

---

1) 부모가 죽으면 초하루와 보름에 간단히 지내던 제사.
2) 몸. 사지.

풍구 타령

물에 내려 물방아요 촌에 들어 집방아요

(후렴) 어여차 불어라 고진동 풍구[1]라
   스리슬렁 불어도 신선 풍거란다

물방아 물레방아 빙글빙글 물레방아 (후렴)
이팔이 십육 열여섯 사사십육 열여섯 (후렴)
쇳돌은 녹아서 한강수가 되고 (후렴)
숫구는 녹아서 백화꽃이 된다 (후렴)
총각머리 흩어졌다 걸코 수건 제격이라 (후렴)
어깨 너머 걸사댕기 송장 북방친다 (후렴)
어깨 너머 갑사댕기 생사람을 홀린다 (후렴)
이번 성형[2] 잘 되면 환고향을 한다 (후렴)
환고향하면은 부모처자 본다 (후렴)
부모처자 보면은 일가친척 본다 (후렴)
이번 성형 못 하면 이 땅 토상이[3] 된다 (후렴)

---

1) 함경도 갑산 고진동 광산에서 쓰던 풀무. 풀무가 커서 다섯 사람이 밟았다고 한다.
2) 쇠를 불에 달구었다가 두드려서 날카롭게 만드는 일.
3) 토박이.

달고 소리 1

(후렴) 에헤이 달고[1]

천년 달고에 만년 지추라 (후렴)

백두산에 계수나무 (후렴)

옥도끼로 찍어 내고 (후렴)

금도끼로 다듬어서 (후렴)

만년 대계로 지어 보세 (후렴)

첫 채는 서켠이요 (후렴)

둘째 채는 동채로다 (후렴)

남향으로 오간이요 (후렴)

서켠으로 사간이요 (후렴)

북향으로 삼간이라 (후렴)

이 집을 지은 후에 (후렴)

■ 달고 소리는 땅을 다질 때 여러 사람이 무거운 돌이나 나무통에 줄을 매어 들었다 놓으며 지르는 소리로, 한 사람이 메기는소리를 하면 달고 줄을 잡은 사람들은 후렴을 부르면서 힘을 합쳐 땅을 다졌다. 달고 소리는 집터를 다지는 '집 달고 소리' 와 무덤을 다지는 '무덤 달고 소리' 가 있다.
1) 땅을 단단히 다지는 데 쓰는 '달구' 의 옛말.

아들을 낳면 칠형제 (후렴)

딸을 낳면 삼형제 두고 (후렴)

손주를 보면 오십을 보고 (후렴)

북도골을 채워 놓고 (후렴)

두 여든이 적어서 (후렴)

세 여든을 살을라니 (후렴)

용강에 가서 명을 빌고 (후렴)

강서에 가서 나를 빌어 (후렴)

선팔십에 후팔십에 (후렴)

일백예순 빌어 주고 (후렴)

일백예순도 못 빌거든 (후렴)

인간 육십이 환갑이요 (후렴)

인간 칠십은 고래희[2]라 (후렴)

송아지 복은 경충경충 뛰어들고 (후렴)

구렁 복[3]은 야경 삼경 (후렴)

후리 후리 사려 들고 (후렴)

쪽찌 복은 날아들고 (후렴)

이광쥐는 새끼 치고 (후렴)

평양 대동강에 오르내리는 복과 (후렴)

서울 한강에 오르내리는 복과 (후렴)

---

2) 예부터 일흔 살을 산 사람이 드물다는 뜻.

3) 구렁이 복.

박천 청천강에 오르내리는 복과 (후렴)

의주 압록강에 오르내리는 복은 (후렴)

이 주인집에 날아든다. (후렴)

하늘 중천 천대감 복을 몰아오고 (후렴)

땅에 앉은 땅대감 복을 몰아온다 (후렴)

떠다니는 공중대감 복을 몰아오고 (후렴)

집에 앉은 인대감 복을 몰아온다 (후렴)

산에 앉은 산룽대감 복을 몰아온다 (후렴)

천년 지추 만년 달고라 (후렴)

앉아 보니 땅대감 (후렴)

서서 보니 천대감 (후렴)

어떠한 천대감이 복 몰아주니 (후렴)

어떠한 천대감이 복 몰아들였다 (후렴)

우리 어떠한 천대감 (후렴)

만복을 몰아주고 (후렴)

돌아가는 길에 (후렴)

멍석 말아 호드기[4] 불고 (후렴)

몽둥개로 이깜 쑤시고 (후렴)

두부모를 와짝 깨물고 (후렴)

쇠주 탁주 열 말 먹고 (후렴)

---

4) 풀피리.

팔모깎이 사기잔으로 (후렴)

권주가를 부르면서 (후렴)

잡수세요 잡수세요 (후렴)

니나니꿍 잡수세요 (후렴)

잡수세요 니나니꿍 (후렴)

달고 소리 2

(후렴) 에헐산이 지정[1]이요

지정돌에서 땀이 나네 (후렴)

지정돌에선 불이 나네 (후렴)

멀박산 내림에 수양산이 생기고 (후렴)

운달산 내림에 먹달봉이라 (후렴)

주라산 아래 평강이라 (후렴)

이 집을 삼년만 살면 (후렴)

아들을 낳면 효자를 낳고 (후렴)

딸을 낳면 효녀를 낳고 (후렴)

말이 나면 용마가 나고 (후렴)

삼년 만에 복이 오세 (후렴)

이럭저럭 오늘 밤도 (후렴)

한 채 집터를 닦았구나 (후렴)

---

1) 집터 바닥을 단단히 하려고 박는 통나무 토막이나 돌기둥.

달고 소리 3

(후렴) 어허야 지신이여

새집 짓고 삼년 만에 (후렴)

앞들 뒷들 다 사 놓고 (후렴)

고대광실 높은 집에 (후렴)

자손만대 잘살라고 (후렴)

지신 한번 더 누르세 (후렴)

일월에 한 달 드러난 지 (후렴)

이월에 한식으로 막아 주세 (후렴)

이월에 한 달 드러난 지 (후렴)

삼월에 삼질로 막아 주세 (후렴)

삼월에 한 달 드러난 지 (후렴)

사월에 초파일로 막아 주세 (후렴)

사월에 한 달 드러난 지 (후렴)

오월에 단오로 막아 주세 (후렴)

오월에 한 달 드러난 지 (후렴)

유월에 유두로 막아 주세 (후렴)

유월에 한 달 드러난 지 (후렴)

칠월에 칠석으로 막아 주세 (후렴)

칠월에 한 달 드러난 지 (후렴)

팔월에 추석으로 막아 주세 (후렴)

팔월에 한 달 드러난 지 (후렴)

구월에 구일로 막아 주지 (후렴)

구월에 한 달 드러난 지 (후렴)

시월에 상상[1]으로 막아 주세 (후렴)

시월에 한 달 드러난 지 (후렴)

십일월에 동지로 막아 주세 (후렴)

십일월에 한 달 드러난 지 (후렴)

십이월에 한 달로 덜어 내세 (후렴)

---

1) 상달. 시월의 옛 이름.

달고 소리 4

(후렴) 에헤이 달구요

아들을 낳면은 효자를 낳고 (후렴)
딸을 낳면은 열녀를 낳고 (후렴)
들어를 간다 들어간다 (후렴)
다른 장단 들어간다 (후렴)
오불꼬불 녹두나물 (후렴)
쪼개 쪼개는 콩쪼개 (후렴)
다른 장단 들어간다 (후렴)
고두래 상투 간들거리며 (후렴)
십 리 절반의 오리나무 (후렴)
오 리 이상의 십리나무 (후렴)
다른 장단 들어간다 (후렴)
오솔길에 길짱구이 (후렴)
연초대를 바투 잡고 (후렴)
남의 눈치 보아 가며 (후렴)
들어를 간다 들어간다 (후렴)

늦은 달고 소리

(후렴) 에헤에헤이 달구요

천지현황 생긴 후에 (후렴)

일월영측이 생겼구나 (후렴)

만물이 자생하니 (후렴)

사람밖에 또 있는가 (후렴)

산지조종은 백두산이요 (후렴)

수지조종은 압록수라[1] (후렴)

백두산 일지맥이 (후렴)

천하 구주로 뻗었구나 (후렴)

대관령이 생겨 있고 (후렴)

조선국이 뻗었는데 (후렴)

옛 나라는 송도로되 (후렴)

새 도읍은 한양이라 (후렴)

이씨 왕성 지방이요 (후렴)

종남산 안봉 되고 (후렴)

---

1) 산의 근본은 백두산이요, 물의 근본은 압록강이라.

인왕산은 청룡이요 (후렴)

무악산은 백호로다 (후렴)

삼각산은 주산 되고 (후렴)

북방으로 물러가서 (후렴)

청천강이 새 포로구나 (후렴)

그 저편은 청북이요 (후렴)

그 이편은 청남이라 (후렴)

청북은 십구 주요 (후렴)

청남은 이십삼 관 (후렴)

청북 청남 통합하니 (후렴)

사십이 관이 되었구나 (후렴)

평양 팔경 될 양이면 (후렴)

본명은 대동소요 (후렴)

분명은 대동곤이라 (후렴)

대동강 물은 조수 되고 (후렴)

삼산은 어이하여 (후렴)

청류벽으로 떨어지고 (후렴)

유수는 철철 흘러 (후렴)

능라도로 모여든다 (후렴)

무덤 달고 소리

(후렴) 에헤헤 에홍 달고야

천지현황 생긴 후에 (후렴)

일월영측 되었어라 (후렴)

천지가 개탁開坼 후에 (후렴)

만물이 번성이라 (후렴)

백두산 천지맥은 (후렴)

북으로 처절철 흘러내려 (후렴)

두만강수가 되어 있고 (후렴)

남으로 처절철 내려와서 (후렴)

압록강수가 되었어라 (후렴)

야하야하 야하에 (후렴)

한 노래로 지내 샐까[1] (후렴)

손애기도 삼색시는 (후렴)

강원도라 금강산은 (후렴)

협진강이 둘렸어라 (후렴)

중달고 저버리고 (후렴)

---

1) 계속 부를까.

오모장을 하여 보세 (후렴)

오모장 하는 법 (후렴)

한켠은 두 번이요 (후렴)

또 한켠은 세 번이라 (후렴)

합하니 오모장 (후렴)

얼씨구 잘하네 (후렴)

아무리 하나 잘하네 (후렴)

우리 계원 노는 법도 (후렴)

마른 돌이 없는 집을 (후렴)

남말루로 달아 주고 (후렴)

중달고 달아 보세 (후렴)

둘씩 둘씩 마주 서서 (후렴)

가위 사북²⁾으로 놓아가며 (후렴)

삼산반락 청천외요 (후렴)

이수중분 능라도라 (후렴)

평안도라 모란봉은 (후렴)

대동강수가 둘러 있고 (후렴)

앞 남산 좋은 밭에 (후렴)

차조 닷 되 메조 열 되 (후렴)

삼오나 십오 열닷 되를 (후렴)

여기저기 던졌더니 (후렴)

온갖 새 날아든다 (후렴)

---

2) 가위처럼 엇바뀌어 달구질을 한다는 뜻.

남풍조차 떨쳐나니 (후렴)

구만리장천에 대붕새라 (후렴)

말 잘하는 앵무새며 (후렴)

춤 잘 추는 학두루미 (후렴)

무당년의 방울새 (후렴)

얼씨구 잘하네 (후렴)

아무리 하나 잘하네 (후렴)

새 날리러 가자누나 (후렴)

큰애기 너도 가자 (후렴)

간데애기 너도 가자 (후렴)

새 날리러 가잔다 (후렴)

얼씨구 잘하네 에헤야 (후렴)

무덤 달고 소리

높이 들어 낮이 놓아 펑펑 들어 달구로다

에헤나 달구

천추 만년이나 살 집 달구채로 장막을 치자

에헤나 달구

천년을 살랴 만년을 살랴 죽음에 들어 노소가 있나

에헤나 달구

어린 자식 떨쳐 버리고 두련화로 벗을 삼아

에헤나 달구

우는 소리는 못 들은 체 매상이 소리[1]만 듣는구나

에헤나 달구

무덤 달고 소리

산천초목 다 이별하고 황천 극락에 가는구나

에헤야 달고

산천초목 다 버리고 인생 죽음이 웬 말이냐

에헤야 달고

한 번 나면 한 번 갈 길

에헤야 달고로다

죽어 불면 못 보는구나

에헤야 달고로다

이제 가면 언제 오나

에헤야 달고로다

홍만세도 다 자란다

에헤야 달고로다

술집에 갈 적에는 친구도 많아라

에헤야 달고

---

1) 매장하면서 부르는 달고 소리.

북망산천 갈 적에는 나 혼자뿐이고

에헤야 달고

산천아 봉만아¹⁾ 말 물어보자

에헤야 달고

이제 가면 언제 오나

에헤야 달고로다

죽어 불면 그만이여 아 허사로다

에헤야 달고

부모 동생 이별하고 일가방상 이별하고

에헤야 달고 에헤야 달고

살던 디영²⁾ 하직하고 오늘 가면 그만이다

에헤야 달고

---

1) 봉우리들아.
2) 살던 고장.

망치 소리 1

경상도라 태백산이야

(후렴) 에 산이야

전라도라 지리산이야 (후렴)
충청도라 계룡산이야 (후렴)
경기도라 삼각산이야 (후렴)
황해도라 구월산이야 (후렴)
평안도라 묘향산이야 (후렴)
강원도라 금강산이야 (후렴)
함경도라 백두산이야 (후렴)

▪ 큰 돌을 캐면서 부르는 노래이다.

망치 소리 2

에헤 화산에 절을 지어라
에헤 화산에 돌을 깨어라
쩡기 쩡기 우는 돌은
정 끝이 아파서 네 우느냐

에헤 화산에 절을 지어라
에헤 화산에 돌을 깨어라
이 돌 쪼고 저 돌 쪼고
열두 자 비석을 새겨 보자

에헤 화산에 절을 지어라
에헤 화산에 돌을 깨어라
망두석이 되던지
향로석이 되려면 되어라

에헤 화산에 절을 지어라
에헤 화산에 돌을 깨어라
하루 종일 치는 망치
팔이 아파서 못 하겠구나

두무봉에 검은 돌은
신도비[1]로 다 나가고
널이 반석 흰 돌들은
제절[2] 쌓기 바빠들 하는구나

비석 세워 복 받으면
네가 좋지 내가 좋나
쩡기쩡기 우는 돌아
정질의 소리도 맥 풀어진다

에헤 화산에 절을 지어라
에헤 화산에 돌을 깨어라
쩡기쩡기 또 쩡기로
하루해 다 가도록 돌을 깨어라

---

1) 옛날에 높은 벼슬아치나 유명한 사람의 무덤 앞에 세우던 비석.
2) 계절階節. 무덤 앞에 쌓는 축대.

말뚝박기 노래 1

상사디야 열두 자 말[1]이 쑥쑥 들어가게
이백 근 몽기 쿵쿵 이백 근 몽기 잘도 내려진다
어여 차려 할미꽃 손자 본드끼[2] 꾸부러졌다
덥다 말고 의여러차라 슬슬 동풍 바람이야
큰애기 치맛바람이야 얼씨구나 좋다 상사듸
저 건너 갈미봉에 꽃도 많이 피었다
저 건너 삼신산이 환하게도 비쳤다
어여 쳐라 꽃바람에 열두 자 말이 잘두 들어간다
만산 낙엽 진진 세월 없어 잘도 들어간다 의여러 쳐
이백 근 몽기 전거전 다 들어간다
삼천리 강산에 미쳐 오는 우리 낙이다
어여러여처허 어여러차음
어여러차러 놓고 쿵

---

1) 말뚝.
2) 손자 본 듯이.

말뚝박기 노래 2

(후렴) 어이여라차아

어이야라차 어이야라차
어여디여 산이로세 (후렴)
산지조종은 백두산인데 (후렴)
수지조정은 압록수라 (후렴)
열두 자 말목 용왕 국가요 (후렴)
방망이 위에 놓을 제라 (후렴)
살금 달래 가만히 놓고 (후렴)
방망이 위에 들 적에는 (후렴)
버쩍 들어 일광을 때리소 (후렴)
열두 자 말목 간 곳이 없고 (후렴)
천근 망깨 남아나 있네 (후렴)
울 어머니 나 설 적에 (후렴)
죽순나물 원하더니 (후렴)
그 대는 커서 왕대가 되고 (후렴)
왕대 가끝에 학이 앉아 (후렴)
학은 점점 젊어 오고 (후렴)
울 어머니 늙어진다 (후렴)

울 어머니 날 기를 적에 (후렴)

대나무를 좋다더니 (후렴)

잎잎이도 수심도 많고 (후렴)

마디마디 설움이라 (후렴)

서울이라 유담 안에 (후렴)

달 떠오는 구경 가자 (후렴)

아래윗말 모았던데 (후렴)

잉어 노는 구경을 갈까 (후렴)

이 집 지은 삼 년 안에 (후렴)

천석 만석 불려나 주소 (후렴)

아들애기 낳거들랑 (후렴)

수명장수 부귀동 되고 (후렴)

딸애기를 낳거들랑 (후렴)

평생 효녀 낳아 주소 (후렴)

나라에는 충신동 되고 (후렴)

부모한테 효자동아 (후렴)

형제간에 우애동아 (후렴)

동래 울산 신사동아 (후렴)

천석 만석 불리어서 (후렴)

부귀영화 잘살아 보리 (후렴)

어여뒤여 망깨로구나 (후렴)

서울이라 왕대밭에 (후렴)

금비둘기 알을 낳아 (후렴)

몸찌 보고 서서 보고 (후렴)

놓고 가는 저 선비야 (후렴)

아들애기 낳거들랑 (후렴)

정승 감사 자부를 보고 (후렴)

딸애기 낳거들랑 (후렴)

정승 감사 사위를 보소 (후렴)

어떤 사람 팔자 좋아 (후렴)

고대광실 높은 집에 (후렴)

부귀영화 잘도나 사네 (후렴)

이내 나는 무삼 죄로 (후렴)

자고 나면 요놈의 종자 (후렴)

남 날 적에 나도야 나고 (후렴)

내 날 적에 남도야 낳네 (후렴)

무집 짜는 복 못 탄 죄를 (후렴)

이십 명의 우리야 친구 (후렴)

이 고장에 나와 서서 (후렴)

어서 빨리 집으로 가세 (후렴)

남과 같이 한양을 가서 (후렴)

우리도야 집으로 돌아갈까 (후렴)

어이야라차 어이야라차

어여디여 산이로세 (후렴)

기와를 이세

시퍼런 와가 청기와집이다
솟을대문에 육간대청에
안사랑 바깥사랑이라
고래등 같은 지붕마다
기와를 이세 기와를 이세

시퍼런 와가 청기와집이다
양토를 턱턱 쳐올리고
알매[1] 위에다 매닥질을 하고
둥굴둥굴 찰떡 덩지로
찰흙만 철썩 올렸다 던져라

토역꾼들 허리를 바싹 꾸불고
흙가리대는 반절을 하고
백토에 횟가루 타서
올려만 달란다 지붕 날개에
기와를 이세 기와를 이세

---

1) 지붕을 덮는 흙.

시퍼런 와가 청기와집이다
용두날망²⁾은 두 귀가 솟고
암키와 수키왓장을
서로 입 맞춰 맞물려서
기와를 이세 기와를 이세

---

2) 용마루. 지붕의 제일 높은 곳.

도배 노래

거무죽한 여러 종이를 번지렇게 벌여 놓고
이곳저곳 성질 따라 이리저리 자른다
눈썰미 너무 좋아 자도 없이 마른다

도야지 털 검은 괴얄[1] 밀풀 개어 듬푹 찍어
이리저리 환을 치듯 고루고루 바른다
외겹으로 저 백지 사릇하게 바른다
겹겹드러 황용지 백버하여[2] 바른다

---

1) 도배할 때 쓰는 풀 솔.
2) 종이를 여러 번 부해서.

가마꾼 노래 1

에헤에 이헤에 에헤에 이헤에
장림 위에 달 떠오듯 복가마가 떠들어간다
대문 활짝 열어라 중문 활짝 열어라
동네방네 소문나신 새아씨가 들어가신다

에헤에 이헤에 에헤에 이헤에
호피 담요 둘러치고 사방 돌아 수실을 달아
산을 가니 꽃이요 들을 가니 달이로다
골목골목 구경꾼아 새서방님 들어가신다

가마꾼 노래 2

개천이다 넘어서라 응
한 다리를 잘숨하고
굴렀다가 성큼 넘어서라 응
오르막길 도두 밟아라 응
꼬불꼬불 산길이다
바위 하나 배 나왔다
가마 휘장 문지를라 응
나뭇가지 늘어졌구나
허리 잘쑥 꾸부리고
발걸음을 크게 띄어라 응
올치 뒤채를 살금 들고
이 돌 넘어서자
여기부터 평지로다 응

■ 가마를 메고 가면서 앞사람이 뒷사람에게 노래로 길을 일러준다. 뒷사람은 '응, 응' 하고 대답하
면서 따라간다.

옹기장수 옹기짐 지고

옹기장수 옹기짐 지고
옹덩거리고 넘어간다
사발장수 사발짐 지고
왈그락 달그락 넘어간다
황아장수[1] 황아짐 지고
황똥 황똥 넘어간다
엿장수 엿짐 지고
엿근 엿근 넘어간다

---

1) 집들을 찾아다니며 담배쌈지, 바늘, 실 따위의 자질구레한 일용 잡화를 파는 사람.

둥짐장수 노래

산이로다 산이로다
앞에 섰는 높은 이요 그 앞에는 더 높은 이로다
어이 갈거나 어이 갈거나 이 산 넘어서 어이 갈거나
다리가 아파서 어이 갈거나

우리 부모 날 낳을 때 둥짐 지라고 낳았는가
산도 설고 물도 선데 지향 없이 둥짐을 지고는
사소 사소 외는 소리에 오만 간장이 다 썩어나누나

가리감실 갈까마구는 지리산으로 몰려들고
추풍낙엽 다 떨어진 곳에 국화 한 폭이 버티는구나
가자 가자 가다가 자고 가자 주막이 없으면 빈집에 들자꾸나

월천꾼 노래

강물은 깊고 세찬데
내 어깨 위에는 가마채로다
술렁술렁 흐르는 물도
따비를 치고[1] 용을 쓰네

바람은 불고 비 오는데
양반의 새끼는 서울만 가노
술렁술렁 흐르는 물도
사품을 치고[2] 기승을 하네

해는 져서 어두운데
월천꾼[3] 부르는 소래로구나
침침칠야 흐르는 물은
일만 짐승이 우짖는 듯

---

1) 소용돌이를 치고.
2) 물살이 계속 부딪치며 세차게 흐르고.
3) 사람을 업어서 냇물을 건너게 해 주던 사람.

팔월이라
한가위는
밝고 밝아

칠월이라 칠석날은 견우직녀 만나는 날
이날 밤에 비가 와야 오곡이 잘 영근다
팔월이라 한가위는 일년 명월이 밝고 밝아
답교도 하려니와 달맞이 어서 가자

달거리 1

정월이라 대보름날 망월하는 소년들아
백발 보고 반절[1]을 말아라 가는 세월 물 같으니라

이월이라 영등[2]에는 액막이연이 떴구나
오는 액은 밀어 막고 가는 액은 채질을 해라

삼월이라 삼짇날은 구십춘광 좋은 때라
강남 갔던 제비들도 제집 찾아 돌아오네

사월이라 초파일은 등불 다는 명절이라
거리마다 등잔대가 꿩의 장옷[3] 입었구나

오월이라 단옷날은 창포탕에 창포 비녀
수복 수를 곱게 놓아 머리단장 잘 하여라

---

1) 절을 할 때 몸을 다 굽히지 않고 윗몸을 반쯤 굽혀서 하는 절.
2) 영등신은 바람을 맡은 신이라고 하는데, 이날 연을 날리다가 연줄이 끊어져 바람에 날아가면 일
   년 액운이 없어진다고 한다.
3) 초파일 밤에 거리와 마을들에 등을 달았는데, 등을 달 등잔대에 꿩의 깃을 달아 장식하였다.

유월달의 유두일에 동류수 찾아가서
목욕재계 한 연후에 유두잔치를 하여 보세[3]

칠월이라 칠석날은 견우직녀 만나는 날
이날 밤에 비가 와야 오곡이 잘 영근다

팔월이라 한가위는 일년 명월이 밝고 밝아
답교도 하려니와 달맞이 어서 가자

구월이라 중구일은 국화가 만발이라
국화주 나누면서 등고완상[4] 하여 보자

시월은 상달이라 산에 가신 조상님들
맏자손이 찾아가서 성묘하고 돌아오세

동짓달 동짓날은 작은 설이라 일렀니라
이날이 가고 보면 일년도 다 가누나

섣달이라 그믐날은 구세문안[5] 다니는 날
이 밤에 잠을 자면 두 눈썹이 희어지네

---

3) 유둣날에는 동쪽으로 흐르는 시냇물에 머리를 감아 궂은일을 씻어버리고 냇가에서 잔치를 열었다.
4) 높은 곳에 올라가 경치를 바라보는 것.
5) 한 해를 보내면서 어른들께 문안하는 것.

달거리 2

정월에는 새해 문안 설빔 새 옷 떨쳐입고
떡국도 먹어 보세 시루떡도 먹어 보세
오고 가는 덕담으로 찬바람도 더워지네

이월에는 송편떡 나이만큼씩 잡수시오
일년 농사가 시작이라 연장부터 마련을 하세

삼월에는 청명 한식 봄갈이도 시작이오
술과 떡 갖추어서 조상 봉제사도 하려니와
과하주 어서 들고 논밭으로 나갑시다

사월에는 등놀이 증편 맛이 제 맛이라
봉선화 피었으니 손톱물도 들여 보자

오월 단오 돌아오니 씨름판이 한창이라
씨름만 한창인가 그네터는 더 좋다네
수릿날[1] 익모초는 약으로 뜯어 두오

---

1) 단옷날.

유월은 삼복이라 개장국에 파를 넣어
죽순나물 곁들여서 온 집안이 먹은 후에
들바람 쏘이면서 논배미로 나가 보세

칠월은 칠석이요 칠월 보름 백중이라
백 가지 과일 남새 갖추 갖추 장만하세

팔월 가배 달 밝은 밤 길쌈이 마감이라
인병[2]도 만들자네 단자도 만들자네
오곡이 익어가니 이 명절이 제일일세

구월은 국화주 세화채[3]도 좋을시고
산천 구경 다한 후에 고담이나 들어 보세

시월은 첫추위라 손돌바람[4] 불어온다
제수를 갖추어서 조상 묘사 지낸 후에
문단속 처마 단속 과동 준비 하여 보자

---

2) 인절미.
3) 화채의 한 종류.
4) 손석풍孫石風. 고려 때 어느 해 시월에 뱃사공 손돌이 임금이 탄 배를 저어 통진과 강화도 사이를
    가다가 풍랑을 만났다. 손돌이 풍랑을 피하려고 방향을 돌리자, 임금은 손돌이 딴마음을 먹고 일
    부러 배를 딴 데로 몰고 가는 줄 알고 손돌이의 목을 베어 죽였다. 그 다음부터 시월 스무날께면
    큰바람이 불었는데 그것을 손돌바람이라고 불렀다 한다.

정월 보름 한보름

일년이라 열두 달 정월달이 그 첫달
설날은 기쁜 날 산도 물도 산 얼굴
때때옷도 세배 절 복조리야 복조리
도야 개야 윷놀이 널픈널픈 널뛰기
정월 보름 한보름 부럼까기 귀밝이
약밥 맛이 참 좋고 더위팔기 재미있고
횃불싸움 편싸움 수레싸움 줄싸움
달집 지어 달맞이 다리밟이 힘 올리

오월이라 단옷날은

오월이라 단옷날은 청중가절 아니냐
수양 청청 버들 숲에 꾀꼬리는 노래하네

(후렴) 후여넝충 버들가지 저 가지를 툭툭 차자

후영넝출 버들가지 청실홍실 그네 매고
님과 나와 올라 뛰니 떨어질까 염려로다 (후렴)

한 번 굴러 앞이 솟고 두 번 굴러 뒤이 솟아
허공 중천 높이 뜨니 청산녹수 얼른얼른 (후렴)

어찌 보면 훨씬 멀고 얼른 보면 가까운 듯
올라갔다 내려온 양 신선 선녀 하강일세 (후렴)

난초 같은 고운 머리 금박 댕기 너울너울
외씨 같은 두 발길로 반공중에 노닌다 (후렴)

요문갑사 도홍치마 자락 들어 꽃을 매고
초록 적삼 반회장에 자색 고름도 너울너울 (후렴)

칠월칠석 오늘 밤은

칠월칠석 오늘 밤은 은하수 오작교에
견우직녀 일년 만에 서로 반겨 만날세라

(후렴) 에야에야 에야 좋네 칠석 놀이 좋고 좋네

은하수의 잔별들은 종알종알 속삭이며
무슨 말을 속삭이나 반짝반짝 웃는구나 (후렴)

까치 까치 까막까치 어서 빨리 날아와서
은하수에 다리 놓아 견우직녀 상봉시켜
일년 동안 맛본 설움 만단설화하게 하소 (후렴)

쾌지나 칭칭 나네 1

(후렴) 쾌지나 칭칭 나네

나네 나네 나네로다 (후렴)
하늘 중천 별이 총총 (후렴)
인간 세상 말도 많다 (후렴)
강변에 많은 돌은 (후렴)
돌 중에도 차돌이라 (후렴)
우리 농군 힘을 합쳐 (후렴)
일년 농사 지어 보세 (후렴)
청사초롱 불 밝혀라 (후렴)
춘향이 방에 놀러 가자 (후렴)
인간 세상 못된 놈은 (후렴)
자식 두고 장가가네 (후렴)
부모 봉양 할 수 없어 (후렴)
동솥 파는 이 설움아 (후렴)

▪ '쾌지나 칭칭 나네'는 경상도에서 많이 부른 노래로, 임진왜란 때 백성들이 '왜장 청정 나온다.' 고 하면서 가등청정에 맞서 싸우자고 외치던 노래이다. 지금은 여러 사람들이 모여 일을 하거나 명절이나 잔치 때 부른다.

논에 가면 갈[1]이 웬수 (후렴)

산에 가면 범이 웬수 (후렴)

장에 가면 돈이 웬수 (후렴)

집에 들면 네가 웬수 (후렴)

밀어 보세 밀어 보세 (후렴)

미지개[2]로 밀어 보세 (후렴)

흉년 들어 흉한 세상 (후렴)

등을 대어 밀어 보세 (후렴)

여보 우리 초군들아 (후렴)

저 달 지도록 놀아 보자 (후렴)

모래알처럼 헤지지 말고 (후렴)

실꾸리처럼 감겨만 다고 (후렴)

먼 데 사람 춤을 추고 (후렴)

여게 사람 몸짓한다 (후렴)

뒷집 처녀 궁둥이 춤에 (후렴)

총각 놈들 신명이 난다 (후렴)

삿갓 춤이 너풀너풀 (후렴)

놈팽이들 잘도 논다 (후렴)

메김소리 이 어른은 (후렴)

농군 중에 한량이라 (후렴)

들판에선 상일꾼[3]에 (후렴)

---

1) 가래. 잎이 물 위에 떠 자라고 뿌리가 잘 뽑히지 않는다.
2) 여러 사람이 서로 어깨로 미는 놀이. 주로 줄다리기하기 전에 터 빼앗기를 할 때 하는 놀이이다.

술 먹는 데 좌상4)이요 (후렴)

돈 쓰는 덴 한량인데 (후렴)

돈이 없어 못 씁니다 (후렴)

부엌문을 열고 보니 (후렴)

바가지가 싸움하고 (후렴)

고왕문5)을 열고 보니 (후렴)

생쥐 두 마리 싸움하고 (후렴)

통시6)문을 열고 보니 (후렴)

똥파리 두 놈이 발광한다 (후렴)

나네 나네 칭칭 나네 (후렴)

어서 놀고 술을 먹세 (후렴)

앞개울이 술 같으면 (후렴)

마음대로 네 먹어라 (후렴)

뒷동산이 쌀 같으면 (후렴)

네 말하고 내 먹을게 (후렴)

나네 나네 나네로다 (후렴)

치나 칭칭 나네로다 (후렴)

---

3) 일을 잘해 한몫 단단히 하는 일꾼.

4) 여러 사람이 모인 자리에서 으뜸가는 사람.

5) 광문.

6) '뒷간'의 경상도, 강원도 말.

쾌지나 칭칭 나네 2

(후렴) 쾌지나 칭칭 나네

하늘에는 별도 많고 시내 강변에 자갈도 많다 (후렴)

적으나 크나 동무네야 오늘 저녁에 놀아 보세 (후렴)

이겨 주소 이겨 주소 우리 동쪽이 이겨 주소 (후렴)

이겨 주소 이겨 주소 우리 서쪽이 이겨 주소 (후렴)

우리 군정 나갈 때는 만수천림이 우격하소[1] (후렴)

남의 군정이 나갈 때는 임우 비비霖雨霏霏[2] 장마가 지소 (후렴)

열 사람이 내달아도 백 사람이 가는 듯이 (후렴)

백 사람이 내달아도 천 사람이 가는 듯이 (후렴)

우리 군정 달려가면 산도 주춤 물러서고 (후렴)

추풍 소슬[3] 낙엽 지듯 떼도적이 물러가오 (후렴)

나네 나네 나네로다 칭칭이도 나네로다 (후렴)

칭칭 소리 잘만 하면 만백성이 편안하오 (후렴)

---

1) 수많은 숲들이 도와주소.
2) 장맛비가 오래도록 내린다.
3) 가을바람이 쓸쓸히.

쾌지나 칭칭 나네 3

(후렴) 쾌지나 칭칭 나네

머슴들이 놀던 자리 내 신짝이 안 빠졌던가 (후렴)
처자들이 놀던 자리 명주 댕기 안 빠졌던가 (후렴)
의붓애비 애빌런가 다신에미 에미런가 (후렴)
헌 누더기 이는 많고 홀아비 살림 탈도 많다 (후렴)

쾌지나 칭칭 나네 4

(후렴) 쾌지나 칭칭 나네

하늘에는 별도 총총 (후렴)

강변에는 잔돌도 많다 (후렴)

솔밭에는 옹이도 많고 (후렴)

대밭에는 마디도 많다 (후렴)

서울에는 양반도 많고 (후렴)

우리 백성 근심도 많다 (후렴)

더그레[1]를 떨쳐입고 (후렴)

등 너머는 전통[2] 메고 (후렴)

들로 갈까 산으로 갈까 (후렴)

싸움터로 달아가자 (후렴)

우리 군정 가는 데는 (후렴)

우레 치듯 벼락 치듯 (후렴)

산도 주춤 물러서고 (후렴)

하늘 중천 해 돋는다 (후렴)

---

1) 군사들이 입는 옷.
2) 군사들이 화살을 넣어 메고 다니는 통.

오소 오소 어서 오소 (후렴)

우리 군정 어서 오소 (후렴)

발맞추고 힘을 모아 (후렴)

승승장구 나갑세다 (후렴)

칭이나 칭칭 나네

(후렴) 칭이나 칭칭 나네

칭이나 칭칭 나아네 (후렴)
칭칭칭칭 나아네 (후렴)
칭칭칭칭 칭에두 칭칭 나아네 (후렴)
서산에 지는 해를 긴 끈으로 매어 두고 (후렴)
이팔청춘 우리네들 신명 나게 놀아 보자 (후렴)
어화 청춘 벗님네야 백발 보고 반절 마라 (후렴)
인생 한번 늙고 보면 북망산이 가까웠다 (후렴)
서산마루 지는 해는 지고 싶어 지련마는 (후렴)
날 버리고 가는 님은 눈물 가려 길 못 가네 (후렴)
산이 설어 타향인가 물이 설어 타향인가 (후렴)
논밭전지 없고 보니 사고무친 타향일세 (후렴)
꾀꼴새 어데 가고 버들만 푸르렀노 (후렴)
녹양방초 푸른 들에 상사소리[1] 울려온다 (후렴)
칭칭칭칭 칭에두 칭칭 나아네 (후렴)

---

1) 논에 모를 심으면서 부르는 노래.

강강수월래 1

(후렴) 강강수월래

달 밝았다 계명산천에 달 밝았다 (후렴)

달 밝았으면 오늘 밤도 승전이라네 (후렴)

나는 좋네 나는 좋네 (후렴)

석달 열흘 기다려도 나는 좋네 (후렴)

우리 님은 승전하여 오실 테니 (후렴)

간다 간다 나는 간다 (후렴)

님 따라서 나는 간다 (후렴)

바늘 가는 데 실 안 가랴 (후렴)

열두 바다 건너 나는 간다 (후렴)

너 죽으면 내가 있다 (후렴)

내 죽으면 하늘 있다 (후렴)

어서 싸워라 나랏일에 (후렴)

죽은 주검에 꽃이 핀다네 (후렴)

천년 천년 사천년을 (후렴)

■ 강강수월래는 임진왜란 때 해안을 지키며 부르던 노래라고 전한다. '강강수월래' 라는 말뜻이 '오 랑캐가 바다를 건너온다.' 는 뜻이라고도 하고 '변방 순라를 잘 돌자.' 는 뜻이라고도 한다.

대대손손 자라왔네 (후렴)

만년 만년 사만년을 (후렴)

대대손손 지켜 가세 (후렴)

봄에 뵙던 부모처자 (후렴)

늙지 않고 잘 계시나 (후렴)

오늘 밤엔 승전하고 (후렴)

내일 날은 돌아갑네 (후렴)

강강수월래 2

(후렴) 강강수월래

해는 지고 달 떠온다 (후렴)

하늘에다 베틀 놓고 (후렴)

구름 잡아 잉아 걸고 (후렴)

별은 잡아 무늬 놓고 (후렴)

짹각짹각 잘도 짠다 (후렴)

그 베 짜서 무엇 하나 (후렴)

우리 오빠 장가갈 적 (후렴)

가마 휘장 두를라네 (후렴)

강강수월래 3

(후렴) 강강수월래

엠메엠메 우리 엠메 (후렴)

무남독녀 이 딸 하나 (후렴)

시체 되고 낭감 되어 (후렴)

남의 가문에 주었다가 (후렴)

시집가던 사흘 만에 (후렴)

은동애[1]를 깨쳤다우 (후렴)

아강아강 메눌아가 (후렴)

너희 집에 내려가서 (후렴)

은동애를 해 오너라 (후렴)

아반 아반 우리 아반 (후렴)

새벽달 열이렛날 (후렴)

천금 같은 요내 몸을 (후렴)

혼정같이도 헐었으니 (후렴)

요내 몸값 내어 주소 (후렴)

이 술래는 뉘 술래요 (후렴)

---

1) '동이' 의 평안도 말.

마당 임자 술래로구나 (후렴)

달도 밝고 사래친 밤에 (후렴)

읍신읍신 놀다 가세 (후렴)

깊은 마당은 얕아지고 (후렴)

얕은 마당은 깊어지도록 (후렴)

읍신읍신 놀다만 가세 (후렴)

강강수월래 4

(후렴) 강강수월래

산아 산아 추영산아 (후렴)

높이 솟아 백두산아 (후렴)

잎이 피면 청산이요 (후렴)

꽃이 피면 화산이요 (후렴)

청산 화산 넘어가면 (후렴)

우리 부모 보련마는 (후렴)

남의 부모 씨명자氏名字는 (후렴)

책장마다 실렸건만 (후렴)

우리 부모 씨명자는 (후렴)

어느 책에 실렸던고 (후렴)

강강수월래 5

(후렴) 강강수월래

딸아 딸아 막내딸아 (후렴)

너만 곱게 잘만 커라 (후렴)

오동나무 밑 장농에 (후렴)

갖은 장식 걸어 주마 (후렴)

산아 산아 높은 산아 (후렴)

뭣을 먹고 피어났나 (후렴)

안개구름 가진 골로 (후렴)

이슬 먹고 피어났다 (후렴)

강강수월래 6

(후렴) 강강수월래

뒷동산에 토끼들은 (후렴)
포수 올까 근심하고 (후렴)
우리 나라 부자들은 (후렴)
도적 올까 근심하고 (후렴)
삼대독자 외아들은 (후렴)
병이 들까 근심하고 (후렴)
낭자짜리[1] 각시들은 (후렴)
시집살이 근심하고 (후렴)
우리 같은 처녀들은 (후렴)
길쌈하기만 근심하네 (후렴)

1) 낭자 차림을 한. 낭자는 여자들이 혼인 때 본머리에 덧대는 딴머리.

재로 밟자

재로 밟자 재로 밟자

그 재 한 재 밟아 뭐 하나

그 재 한 재 나 주면 어떠냐

줄 맘이사 있다마는

사랑 없어 못 주겠네

누구 사랑 어디 갔나

서울이라 과거 갔다

무신 바지 입고 갔노

물명주라 고대바지 입고 갔다

무신 저고리 입고 갔노

명주 저고리 입고 갔다

무신 토시 찌고 갔노

삼신 토시 찌고 갔다

무신 버선 신고 갔노

삼신 버선 신고 갔다

무신 다임 매고 갔노

▪ 보름달이 뜨는 밤에 젊은 여성들이 모여 둥글게 원을 그리며 노래하고 춤추는 '월월이청청' 놀이
  를 할 때 부르는 노래 가운데 하나다.

맹전 다임 매고 갔다
무신 헐껀 매고 갔노
광대 헐껀 매고 갔다
다리 아파 우예 샀노
백말을 타고 갔다
자부러워[1] 어이 갔노
재피방[2]에 자고 갔다
배가 고파 우예 갔노
꽃청주라 먹고 갔다
물이 많아 어이 갔노
돌다리라 놓고 갔다
상투는 우야고 갔노
고두래 상투 쪼고 갔다

---

1) 졸려서.
2) 조그마한 곁방.

활 쏘는 소리

얹은활[1] 비껴들고 사정[2] 앞에 썩 나서서
세전, 엽전 그만두고 대우전[3]을 들었구나

일 발에 첫중이요 이 발에 재중이요
삼중, 사중에 오연중이라

지화자 지화자 또 연중이오
연중 연중에 지화 지화자로다

---

1) 활시위를 팽팽하게 조여 곧 쏠 수 있게 한 활.
2) 활 쏘는 곳에 지어 놓은 정자.
3) 세전은 아기살이라고도 하는 가는 화살. 엽전은 살촉이 버들잎처럼 생긴 화살. 대우전은 동개살
   이라고도 하는 깃을 크게 단 화살.

활 노래

시위에 살 먹였다
동일시[1]에 쏘아라
하늘에 구오[2] 떴다
신궁아 살 날려라

백발백중 쏘는 활은
적진에 날아들고
천병만마 달릴 적에
궁노수[3]가 선참이라

가슴을 편 연후에
과녁 한번 노리는 듯
별찌[4]같이 나는 화살
허실이 있을쏘냐

---

1) 활쏘기를 겨룰 때 화살 다섯 개를 연거푸 쏘는데 사람들이 동시에 첫 번째로 쏘는 화살.
2) 옛날 신화에, 하늘에 아홉 마리 까마귀가 해가 되어 떠올라서 백성들이 뜨거워 살 수가 없으므로
   활 잘 쏘는 신궁이 활을 쏘아 까마귀들을 떨어뜨렸다고 한다.
3) 전쟁 때 활을 쏘는 군사.
4) 눈앞에 번쩍하고 매우 빨리 지나가는 불빛.

좌궁을 당기면은
동산이 들어서고
우궁을 당기면은
서산이 들어선다

쏘면 날살이오
맞으면 적살이라
쏘아라 동일시에
만뢰 구발5) 활 쏘아라

---

5) 수많은 화살이 우레같이 한꺼번에 나간다는 말.

활량들 걸음이라

전통 메고 달리는 것
활량[1]들의 걸음이라

삼현 육각 울리는 것
활량들의 놀음이라

못 맞혀도 박장대소
활량들의 웃음이라

---

1) 활 쏘는 사람.

그네 노래 1

밀어라 휘영 굴러라 어이차
앞산이 건듯 뒷강이 넘실
갔다 왔다 왔다 갔다
제비 한 쌍 소리개 한 쌍
노송나무 흔들 바람개비 후얼
치마꼬리 댕기꼬리
굴러라 굴러라 어이차 굴러라

그네 노래 2

수천강 사모 서난 길
둘이 타자고 그네를 맨걸
네가 타면 내가 밀고
내가 타면 네가 밀고
그 줄이 떨어지면
님의 정도 떨어진다

내 없어도 님 못 살 세상
님 없어도 내 못 살 세상
없는 금전 한탄 말고
깊이 든 정 변치 마라
후 세상에 또다시 오면
없는 금전도 다시 온다

그네 노래 3

오월 단오에 취떡

큰애기 작은애기

명주 항라 분홍 고사

오색의 옷 입은 애들

그넷줄의 뛰리메 야하

올 단오의 취떡이하

이팔 처녀 끼리끼리

둘씩 둘씩 짝을 지어

배 나가오 배 나가오

서천서국[1]으로 배 나가오

사게 사오 사게 사오

오람배뚜리 사게 사오

---

1) 서천서역국. 인도의 옛 이름이다. 여기서는 먼 서쪽 나라를 뜻한다.

그네 노래 4

장장채승 그넷줄[1]을
두 손에 갈라 쥐고
선뜻 올라 발 굴러서
한 번 굴러 뒤가 솟고
두 번 굴러 앞이 높아
연비여천[2] 솔개 뜨듯
난만 도화 높은 가지
솟아올라 툭툭 차니
송이송이 맺힌 꽃이
분분히 떨어지니
바람 없는 낙화로다

---

1) 길고 긴 채색 그넷줄.
2) 소리개가 하늘에 떴다.

그네 노래 5

뱃사공아 배 밀어라
초록 같은 물결 위에
옌족 같은 배 나간다
달을 따서 안 받치고
해를 따서 거죽하고
좁쌀알같이 상침 놓아
입쌀같이 주름 잡아
외무지개 선을 쳐서
쌍무지개 끈을 달아
형의 남편 주자 하니
아우 남편 싫어하고
아우 남편 주자 하니
형의 남편 싫어하고
그늘 아래 밀대 같은
내 오라비 주자꾸나

■ 쌍그네를 뛸 때 여인들이 마주 서서 부르는 노래이다.

추천 노래

홍홍백백 난만 중 어떠한 미인이 나온다
해도 같고 달도 같은 어여쁜 미인이 나온다
장장채승 그넷줄 휘어진 벽도 가지
휘휘칭칭 감아 매고 선뜻 올라 발 구를 제
한 번을 툭 구르니 앞산이 점점 높았고
두 번을 구르니 뒤가 점점 높았다
연비여천 소리개처럼 허공에 둥둥 떴다 내리는 양
무산선녀 구름 타고 양대상陽臺上으로 내리는 듯
사람은 사람이나 분명한 신선이라
신선은 신선이나 사람일시 분명하네

널뛰기 노래 1

허누자 척실루
늬 머리 흐은들 내 다리 사압작

허누자 척실루
늬 댕기 파알랑 내 치마 나앙녁

허누자 척실루
늬 눈이 휘이휘 내 발이 아알알

널뛰기 노래 2

묵은해는 지나가고
새해 신원[1]을 맞이했네

(후렴) 널뛰자 널뛰자 새해맞이 널뛰자

앞집의 숙이야 네 왔느냐
뒷집의 순이야 너도 왔니 (후렴)
만복무량 소원성취
금년 신수가 좋을시고 (후렴)
서재 도령 공치기가
널뛰기만 못하리라 (후렴)
규중 생장 우리 몸은
설 놀음이 널뛰기라 (후렴)
널뛰기를 마친 후에
떡국 놀이를 가자세라 (후렴)

---

1) 설날.

윷 노래 1

중이나 메나 똑
중은 중가 메는 메가
눈단 산에 꽃이로다
도야지 도야지
오래박죽 도야지[1]

---

1) '중' 은 윷, '메' 는 모, '도야지' 는 도를 이르는 말이다.

윷 노래 2

홑발산이[1] 산 밑에 가고
석동문이 막 돌아간다
윷이야 살이야
오금의 떡이야[2]
동자가사리[3] 박실박실한다

---

1) 홑발산이는 윷놀이 할 때 말 하나가 움직이는 것, 두동산이(두문동이)는 자기 말에 하나를 더 얹어서 말 두 개가 움직이는 것이고, 석문동이는 말 세 개, 넉동산이는 말 네 개가 한꺼번에 움직이는 것을 말한다. 여기서는 너희는 말 하나가 가고, 우리 말은 세 개가 돌아간다는 뜻이다.
2) 오금의 떡처럼 딱 붙어 움직이지 않구나. 오금은 무릎에서 구부러지는 안쪽 부분을 말한다.
3) 민물고기. 자기 편은 말 네 개가 다 나왔는데, 상대편 말은 많이 남아 물고기가 바글바글하는 것 같다며 놀리는 것이다.

윷 노래 3

뒷밭으로 들어서서 날토록 넘었으니
얼씨고 암행어사 팔도 순행 하는구나

찌밭에 들어섰다 찌걸찌걸 웃지 마라
앞모도 앞모개로 뒤 포수 따라온다

개걸개걸 하였더니 개도 나고 걸도 났네
방인놈 걸고 뛰어 막동산이 잡았구나

감자 먹고 막혔나 두 눈깔만 뚱그레서
울도 웃도 못하고 빈 손뼉만 치는구나

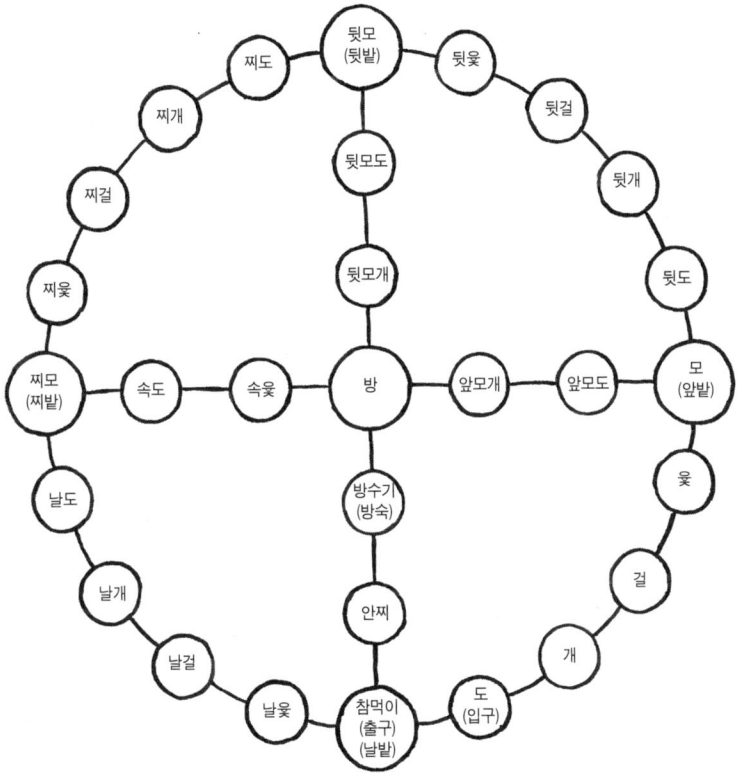

윷놀이 말판

윷 노래 4

개다 개글개글
걸이다 걸앉았구나
또다 또 한 또 쳐서
앞 옆어 놓았다 깔라꿍

나간다 나간다
포도대장 나간다
철릭을 비껴 입고
군도 찬 놈 나간다

두 날개 잦혀 놓고
두 발은 뻗었으니
올콩 졸콩
사형제가 죽었구나

윷 노래 5

오록조록 포도런가 오실보실 앵도런가
곰부장이 승도僧桃런가 맹부장이 장도런가
산천초목 분명하니 천도天道 적실하고
인의예지 분명하니 지도地道가 적실하다

이개 저개 다 버리고 신무부제 차재경가
캐캐씨고 캐캐씨고 불언인지 효녀로다

이캐머리 걸이 졌네 컬컬하고 웃는 양은
사령 사족 시절이 와 만고의 호걸이오

이겸으로 윷이 졌네 육관대사 성진이는
팔선녀를 희롱하고 백배사장 너른 들에
백학이 비상천은 두 나래를 훨씬 펴고
앞다리를 성금성금 날아드는 격이로다

▪ 경상도 안동에서 부르던 '저포송擳蒲頌'이다. 윷놀이를 하다가 도가 나오면 '도' 송頌을 부르고,
개가 나오면 '개' 송頌을 부른다.

이개 모로 모가 졌네 모를 땅에 진을 치면
영군의 대패로다 신가라의 첫날밤에
자지 이불 당치마 가이 볼 것 못 쓸레라

장기 노래 1

장기를 두랴 하니 판이 없어 못 둘러라
악양루 지을 때에 상상머릴 끊어다가
옥대패로 실실 밀어 네모 방장 먹줄 치니
그만하니 판이로다

장기를 두랴 하니 장기 없어 못 둘러라
산에 올라 몽미[1] 좋은 산유자를 끊어다가
서른둘에 갈라놓고 각서쟁이[2] 잽혀다가
자이자이 글 새기니 그만하니 장기로다
칠첩포로 줌치 주어 초당에 넌늣이 걸었더니
저레 가는 선배님네 이레 오는 후배님네
장기 소일 하다 가소 장기를 벌여놓니
훈련대장 곧은 차車는 한일 자로 넘어들고[3]
어영대장 상象장군은 쓸용 자로 뛰어들고
자룡 타던 적토마赤兎馬는 날일 자로 넘어들고

---

1) 목질.
2) 글자 새기는 사람.
3) 장기짝 '차' 는 앞뒤 좌우로 직선으로만 움직인다.

중장간 날랜 포包는 다리 넘어 뛰어들고[4]
양 사士로 집사 삼고[5] 오 졸卒로 선봉장 삼아
한나라다 초나라이 적벽강의 본을 받는 지상이라

---

4) 장기짝 '포'는 다른 장기짝을 넘어 다닌다.
5) 사士를 새긴 장기짝 두 개로 심부름꾼을 삼고.

장기 노래 2

헤 상투배기 두 늙은이들
데당뚜당 뚜당뚜당
장기만 둔다네
장이야 궁이야 장 받아라
상이 뛰면 포 떨어진다

얼씨구나 지화자 좋다
절씨구나 돌아 장기니
얼싸 장군을 받아라
절싸 멍군이 아니냐

이 장기를 이기면은
논 사나 밭 사나
헤 장기판 술 한 상에
긴 세월이 간다누나

연아 연아 올라라

연아 연아 올라라
구름까지 올라라 하늘까지 올라라
샛바람에 실 끊어질라 가만가만 올라라

건넛마을 연들은 가오리연들뿐이다
우리 마을 연들은 호랑이연들뿐이다

노송나무 가지에 연줄이 상칠라[1]
구름골로 들어서 솔솔 풀려 올라라

---

1) 상할라. 연줄이 끊어질라.

연이 떴다 연이 떴다

연이 떴다 연이 떴다 무슨 연이 떠었노
대구리로 치받이 꼭지연이 떠었다

연이 떴다 연이 떴다 무슨 연이 떠었노
동글납작 짜부러진 반달연이 떠었다

연이 떴다 연이 떴다 무슨 연이 떠었노
꼬리꼬리 장발이 꼬랑지연이 떠었다

연이 떴다 연이 떴다 무슨 연이 떠었노
여기저기 얼럭덜럭 점백이연이 떠었다

연이 떴다 연이 떴다 무슨 연이 떠었노
오르내리 한들한들 가재미연이 떠었다

연이 떴다 연이 떴다 무슨 연이 떠었노
또순이네 줄대불[1]에 치마연이 떠었다

---

1) '줄대'는 빨랫줄을 받치는 장대인 바지랑대의 경상도 말.

화수가

이때가 어느 때뇨 불한불열 삼춘이라
세류천사細柳千絲 드리운 곳에
황앵黃鶯이 편편비片片飛하고
천봉수장千峰繡帳 베푼 곳에 벌 나비 분분한데
꽃 따림 가는 우리 의복 치장 볼작시면
응장성식凝粧盛飾 찬란하다

원산 같은 눈썹을랑 아미로 다스리고
구름 같은 귀밑을랑 백옥같이 꾸미도다
동해에 고운 명주 잔줄 넣어 누벼 입고
가을볕에 바랜 벼와 석양에 말린 비단
연반물1)로 들여 입고 좋은 풍경 보려 하고
산길에 올랐으나 가려佳麗 강산 어드메냐
용산으로 가자느냐 매봉으로 가자느냐

■ '화수가'란 꽃구경하는 노래라는 뜻이다. 삼월 그믐께가 되면 여인들이 떼를 지어 경치 좋은 산에
가서 화전놀이 또는 전춘놀이를 하였다. 이날에는 진달래꽃을 따다가 '화전병'이라는 꽃 부끼미
를 만들어 먹었으며 재간 있는 여인들이 모여 앉아 노래를 짓기도 하고 또 그 노래를 부르기도 하
였다.
1) 반물은 검은빛을 띤 진한 남빛을 말한다.

산천 구경 다했으니 화전터로 내려가세

녹수청음 짙은 곳에 방초가 무성하니
묏새 소리 들으면서 허물없이 둘러앉소
번철이야 정관이야2) 시냇가에 걸어 놓고
청유淸油라 백분白粉이라3) 화전을 지져 놓고
화간花間에 재종 숙질 웃으며 불렀으리
어서 오고 어서 오소 차린 음식 노나 먹세
완자 관목 애탕국에4)
기름 발라 개피떡은 쑥내 송기내 절로 난다
통닭찜 갖은 고명 계란 삶아 국화 오림
보기도 황홀하다

고비고사리 데친 나물 도랏생채 간도 맞다
숙주 청포 곁들여서 깨소금에 모찜 뜯어 뿌려 두고 무친 무침
살코기 채쳐 놓고 파 강회5) 미나리 강회
산중 진미 두릅나물 초 눈집이 제 맛이라
어회 육회 따로 하고 생선 조림 장볶이에
갖은 음식 다 가 왔나

---

2) 번철은 전을 부칠 때 쓰는 솥뚜껑처럼 생긴 무쇠 그릇, 정관은 솥.
3) 청유는 참기름, 백분은 찹쌀가루.
4) 관목은 말린 청어, 애탕국은 어린 쑥으로 완자를 빚어 끓인 국.
5) 강회는 미나리나 파 따위를 데쳐 돌돌 말아 초고추장에 찍어 먹는 음식.
6) 온 집안이 즐겁게 놀기.

집에 앉아 수륙진미 보기는 하려니와
우리 일실 동환同歡하기⁶⁾ 오늘같이 쉬울쏘냐
송하에 늘어앉아 꽃가지로 찍어 올려
춘미를 쾌히 보고 남은 흥을 못 이기어
상상봉 치달아서 한없이 좋은 경을 일안에 바라보세

화전가

어화 여중들아 이내 말삼 들어 보소
이때가 어느 때뇨 불한불열 삼춘이라
우리 비록 여자라도 이러한 태평성세
아니 놀고 무엇 하리
백만사 다 버리고 하루 놀음 하려 하고
일자를 정차 하니 길일 양신 언제런고
이월이라 염오일[1]에 청명시절 제때로다
손 꼽고 바라더니 어느덧 다닫고야
아이를 급히 불러 앞뒷집 서로 일러
소식하고 가사이다
산명수려 좋은 곳은 송학산이 제일이라
어서 가자 바삐 가자 앞에 서고 뒤에 서고
설악 같은 고봉준령 허위허위 올라가서
승지에 다닫거다 좌우 풍경 둘러보니
수양 같은 금오산은 충신이 멀었거늘
어찌 저리 푸르렀으며
광하廣河 같은 낙동강은 성인이 나시런가

---

1) 스무닷새.

어찌 저리 맑아 있노

구경을 그만하고 화전터로 내려와서

번철이야 정관이야 시냇가에 걸어 놓고

청유라 백분이라 화전을 지져 놓고

화간의 재종 숙질 송하에 늘어앉아

춘미春味를 쾌히 보고 남은 흥을 못 이겨서

상상봉 찾아 달아 한없이 좋은 경을 일안—眼에 다 들이니

저 높은 백운산은 신선이 노던 덴가

반석 위에 바둑판은 낙서洛書런 듯 벌여 있고

유수幽邃한 황학동은 선녀가 있는 덴가

청계변의 복숭꽃은 무릉도원이 의연하다

이러한 좋은 경개 한없이 다 즐기니

적벽의 가을인들 이에서 더할쏘냐

채석의 달밤인들 이보다 나을쏜가

화간에 벌여 앉아 서로 보며 이른 말이

여자의 소견인들 좋은 경을 모를쏘냐

규중에 썩힌 간장 오늘에야 쾌한지고

흉금이 상연爽然하고 심신이 호탕하여

장장춘일 긴긴날을 긴 줄도 잊었더니

서산에 지는 해가 구곡에 재촉하야

층암 고산에 모연暮煙이 일어나고

벽수 동리에 숙조宿鳥가 돌아든다[2]

---

[2] 푸른 숲이 우거진 골안에 잘새가 날아든다. 잘새는 밤이 되어 자려고 둥우리로 찾아드는 새.

흥 대로 놀려 하면 일순[3]인들 못 놀랴만
임간취객林間醉客 아니므로 마지못해 일어나니
암하야 잘 있거라 강산아 다시 보자
시화세풍 하거들랑 창안백발[4] 흩날리고
고향 산천 찾아오마

---

3) 열흘.
4) 늙은 모습.

음식 타령

향단이 나가더니 음식을 들일 적에
안성 유기 통영 칠반[1] 천은 수 구리 저
직영 서리 수 벌이듯[2] 주루루 벌여 놓고
꽃 그렸다 오죽판 대모양각 당화기에
얼기설기 송편이며 네 귀 번듯 정절 편과
주루루 엮어 살피떡 진청 생청 담아 놓고
조락 산적[3] 웃짐 쳐서 양회깟 콩팥 처넙
양편에다 벌여 놓고 청단 수단 잣박이[4]며
인삼채 도라지채 낙지 연포
콩기름 수근채[5]로 웃짐을 쳐 갖은 양념 괴어 놓고
천적 거적 포적이며 설탕 북치 메물 탕수
어포 육포를 갈라놓고 처넙사 벙거지꿀
갈비찜 양지머리 차돌박이를 들여 놓고
끌끌 우는 생치탕 포두둑포두둑 메추리탕

---

1) 통영서 나는 옻칠을 한 소반.
2) 관청 관리들이 산가지를 벌여 놓듯.
3) 조란鳥卵 산적. 곧 달걀옷을 입혀 구운 산적.
4) 수단은 쌀가루나 밀가루로 빚어서 꿀물에 띄워 먹는 음식. 잣박이는 곶감에 잣을 박아 꾸민 음식.
5) 미나리채.

치자 고추 생강 마늘

문어 전복 봉오림을 나는 듯이 괴어 놓고 전골을 들여라

청동화로 백탄숯 부채질 활활 하여

꽃 속같이 이뤄 놓고 살찐 소 방자고기

반한도 드는 칼로 점점 편편 오려 내어

참기름에 깨소금 쳐 보도독 주물러 무쳐 내어

대양판 소양판 예도 담고 제도 담아

산채 고사리 수근 미나리

녹두채 맛난 장국 주루루 들이부어

계란을 똑똑 깨어 웃딱지를 살짝 떼고 길게 드리워라

떡 타령 1

이치저치 시리떡
늘어졌다 가래떡
오색 가지 기자떡
쿵쿵 쳤다 인절미
수절 과부 정절편
올기쫄기 송기떡
도리납작 송편떡

떡 타령 2

때가 좋다구 떡 빚어라
절기 좋다구 떡 빚어라
때는 마침 어느 때냐
중추 팔월 십오야에
광명 좋다고 밝은 달은
두렷이도 비치었는데
추석 명절이 분명쿠나
오곡 백곡을 건조하여
물방아들에 여다가 찧고 쓸어
옥백미 세백미로 정미하여
눈과 같이도 가루를 보아서
세모시 체에다가
이리저리 쳐 가지고
떡이나 잔뜩 쏘여나 보세
물면 죽신 이차떡[1]
먹기 좋은 니도라미

---

1) 인절미. 찹쌀을 차좁쌀에 견주어 이찹쌀이라 하는데, 이찹쌀로 한 떡을 이차떡이나 이찰떡이라고
한다.

반즐반즐 기름 송편

동글납작 절편떡

인절미 물송편 떡이며

조개떡 꼬리떡

가지각색 떡을 잘라 보세

공산명월에 분떡

대천에 약떡이며

군자는 절개 송구떡

빛이 곱다 쑥떡이며

까물까물 복작떡이 더욱 좋다

돌기돌기 이설기떡

갈피갈피 녹두보숭이 깨보숭이

구수하다 팥보숭이

백설 같은 백설기며

온갖 잡떡을 쏘여 보세

천지현황에 기장떡이며

맥전과취[2]에 밀떡이며

허무맹랑에 보리떡이며

능니하다 수수떡이며

부실부실 강낭떡

각색 잡떡을 빚을 적에

옥백미 세백미 밥을 지어

---

2) 밀빌민 지나도 취한다.

보리 길금 치어 가지고
감주떡을 만들 적에
성천 양률 단밤이며
빛이 고운 대추며
신북청 건포도며
강계 초산 잣알이며
함흥 청진 깁납을
여게 저게 빚어 놓고
참깨 진유 참기름을
마음대로 발라 가지고
유기 도기 다 피하고
은행나무 목판에다
갖은 떡을 담아 가지고
부모님께 봉양하고
아들딸들 한데 모아
맛 좋게나 먹어 보세

떡 타령 3

(후렴) 떡 사오 떡 사오 떡 사려오

정월 보름 달떡이요
이월 한식 송병이요
삼월 삼진 쑥떡이로다 (후렴)

사월 파일 느티떡에
오월 단오 수리취떡
유월 유두에 밀전병이라 (후렴)

칠월 칠석에 수단이요
팔월 가위 오려송편
구월 구일 국화떡이라 (후렴)

시월 상달 무시루떡
동짓달 동짓날 새알심이
섣달에는 골무떡이라 (후렴)

두 귀 발쪽 송편이요

세 귀 발쪽 호만두
네 귀 발쪽 인절미로다 (후렴)

먹기 좋은 꿀설기
보기 좋은 백설기
시금털털 증편이로다 (후렴)

키 크고 싱거운 흰떡이요
의가 좋은 개피떡
시앗 보았다 셋붙이[1]로다 (후렴)

글방 도련님 필낭떡
각집 아가씨 실패떡
세 살 둥둥 사래떡이로다 (후렴)

서방 사령의 청절편
도감 포수 송기떡
대전별감의 새떡이로다 (후렴)

---

1) 시앗은 남편의 첩. 셋붙이는 개피떡 세 개를 한데 붙여서 만든 떡.

송편 노래

왔다 왔다 중달 왔다 팔월 보름 중달 왔다
밝고 밝은 달빛 밑에 어머니와 우리 뉘는
달 이야기하여 가며 예쁜 송편 만든단다

좋아 좋아 나도 좋아 어서 어서 날아가서
내일 식전 얼른 오면 송편 그릇 훔켜[1] 안고
꿀 종자기 주워다가 꼭꼭 꼭꼭 찍어 먹지

수동이야 복동이야 너희들도 올 추석에
반달 송편 만들겠나 슬프게도 안 만들거든
내 말만 잘 들어라 송편 한 개 주워 주마

---

1) 손가락을 구부려 물건을 매우 세게 쥐다.

콩떡 노래

청동화로 불 담아 놓고
콩떡을 늘늘이 놓고
겉은 타져도 안은 몰상
집어다 생켰다 아차차
넘어 간다 꼴따꿍
이것도 명화구나

엿 타령 1

호초 양념에 밤엿이요
에헤 좋구나 밤엿이요

도리납짝에 골무엿이요
에헤 달구나 골무엿이오

온다 간다 가달엿이요
에헤 좋구나 가달엿이오

사박사박에 강정엿이요
에헤 빛 좋은 강정엿이오

매움하고도 달큼한 엿
에헤 군침이 도는 엿이오

엿 타령 2

쫄기쫄기 찹쌀엿
하박하박 감자엿
올통볼통 대추엿
서글서글 서숙엿
강원도라 감엿
능라도라 고구마엿이오

엿 타령 3

찹쌀가루 멥쌀가루 호초가루에
동삼가루가 들어간 엿
열아홉 살 먹은 처녀가
동삼물로 고은 엿이오

강원도 금강산 일만이천봉 팔만구 암자
석달 열흘 백일 산제를 드리고
더덕가루 호초가루에
산삼가루로 고은 엿이오

동지섣달 설한풍에 장작불을 피워 놓고
동네 큰아기 다 모여서
정성 들여 고아낸
백설같이도 흰 엿이오

엿 타령 4

굵은 엿 헐한 엿
일락서산에 해 떨어지고
요내 엿판에 엿 떨어진다
어데 갔다 이제 왔소
해화 춘풍 그늘 속에
잠자다가 이제 왔소
비둘기 복통 같은
몽실몽실 피어나는 엿
남원 광한루 대들보 같고
밀양 영남루 기둥 같고
진주 촉석루 한 기둥 같구나

굵은 엿 헐한 엿
어디 가면은 그저 주나
같은 값이면 이리 와
촌양반 오복사 주머니
십환 백환이 나온다
강원도 금강산 일만이천봉
팔만구 암자 상봉에다

동삼을 캐어다
삼 년을 고았다 제조한 엿
말만 들었네 잡숴 보소
이리 오소 이리 와
단돈어치만 사 가시면
집안 식구가 다 먹는다
싸구려 파장 늙은이 막걸리 팔 듯
헐랑 망탕에 파는 엿 막 판다

술 타령

얼씨구 좋다 저리씨구
지화자자 좋을씨구
아니 마시지는 못하겠네

이때 장차 어느 때냐 하절이냐 추절이냐
입추 절기가 다 지나가고
백로[1] 절기가 다다랐으니
중추 절기가 분명쿠나
꽃 피어서 만발하고
잎은 피어서 우거졌으니
철이 좋다고 술 빚어 볼까
때가 좋다고 술 빚어라

오곡 백곡으로 누룩을 잡아
주리주리 얽은 독에
술이나 잔뜩 빚어낼 제
옥백미 세백미 넣었다가

---

1) 처서와 추분 사이, 9월 8일쯤이다.

지초 감초를 혼합하여
술이나 잔뜩 빚어낼 제
하루 빚었다고 당일주며
이틀 사흘에 삼일주며
나흘 닷새 오일주며
이레 여드레 팔일주며
열닷새 빚었다고 보름주며
석달 열흘에 백일주며
일년 빚어 일년주며
삼년 빚어 삼호주라

마고할미 천년주며
구데기 동동 백화주며
심산 유곡에 인삼주며
절개가 늠름타 송학주며
오동나무에 봉황주며
녹수 청강에 원앙주며
대천 바다에 너른주며
온다고 하니 인사주며
간다고 하니 이별주라

구수하다 박문주며
시원하다 탁주며
달콤하다 이강주라

구월 구일에 국화주며
토방 아래는 섬사주[2]라

올려다 보니 일월주며
내려 굽어살피니 태평주라
해 가운데는 일광주며
달 가운데는 계당주며
물 아래는 월광주라
정든 님 이별에 설운주며
정든 님 상봉에 회포주라

은금 놋잔 다 젖혀 놓고
오도동 퐁퐁 술 부어라
한 잔일랑 명잔이요
또 한 잔일랑 복잔인데
일배 일배 부일배라
석잔 만에는 너하고 나하고
합환주할 손이 분명쿠나
어리씨구 좋다 저리씨구
지화자자 좋을시구
아니 마시지는 못하겠네

---

2) 두꺼비를 물어 삼키려는 살무사를 잡아 빚은 술.

메밀국수 타령

이산 저산 거위산에 메물 한줌 뿌려 놓고
사흘 만에 돌아보니 대공 대공 붉은 대공
잎은 잎은 떡잎이요 꽃은 피어 배꽃 같고
열매 동동 검은 열매
요모조모 세모배기 조랑조랑 달렸으니
가을일도 바쁘지만 국수 먹기 늦어진다
앞집에 김 도령아 뒷집에 이 도령아
메물 비러 안 가려니, 메물 비러 왜 안 가요
새끼 꾸려 옆에 끼고 몽당 낫을 손에 들고
암소는 앞에 몰고 황소는 뒤에 몰고
암소는 뛰금 뛰고 황소는 고등 씨고
줌줌이 비어 내어 단단히 묶어다가
바리바리 실어 내어 대문간에 쟁였다가
도리깨로 성문 쳐서 앞 냇물에 비어 씻고
뒤 냇물에 헤와다가 하룻볕 잠깐 뵈여
방아에 벼락 쳐서 맷돌에다 곱게 갈아
가는 체에 쳐 내어서 냉수에 반죽하여
암반에 분칠하고 홍두깨에 옷을 입혀
은장도 드는 칼로 실날같이 썰어 내어

부글부글 끓는 물에 요리 살짝 데쳐 내어
갖은 양념 간 맞추어 은반상에 차린 국수
올라가는 구감사야
메물국수 세국수요 맛만으로 잡고 가소
먹고 가면 좋지마는 길이 바빠 못 먹겠네
내려오는 신감사야
메물국수 세국수요 맛만으로 잡고 가소
먹고 가면 좋지마는 길이 바빠 못 먹겠네

메밀국수 타령

메밀 간 지 한 달 만에 아가 동동 앞세우고
고개 넘어 따비밭[1]에 메밀 구경 나가 보세
대공 대공[2] 붉은 대공 잎은 잎은 떡잎일레
요모조모 세모배기 조랑조랑 달렸구나
가을일도 바쁘지만 국수 먹기 늦어간다
드는 낫 얼른 갈아 전전히 후려다가
도리깨로 난장 맞혀

---

1) 따비로 간 좁은 밭. 따비는 풀뿌리를 뽑거나 밭을 가는 데 쓰는 연장으로 쟁기보다 조금 작고 보습
   이 좁다.
2) 대궁, 풀줄기.

맷돌에다 곱게 갈아 가는 체에 쳐 내어서
냉수에라 반죽하고 홍두깨에 옷을 입혀
은장도 드는 칼로 실낱같이 썰어 내어
갖은 양념 간 맞추어 은반상에 차린 국수
올라가는 구관 사또 내려오는 신관 사또
이리 와서 맛만 보소 맛만 보면 더 달라리

범벅 타령 1

범벅이요 범벅이요
누구 자실 범벅인가
찹쌀범벅 김 도령 차지
멥쌀범벅 이 도령 차지
얼씨구나 좋다 범벅일세

쿵덕쿵덕 찧는 방아
혜혜야 둥글 범벅이야
오라버니 내 집에 오소
시루범벅을 드리리다
얼씨구나 좋다 시루범벅
책방 도령은 좁쌀범벅
도감 포수[1]는 송기범벅
미운 양반은 시래기범벅
고운 양반은 꿀범벅이라
얼씨구나 좋다 꿀범벅이요

---

[1] 훈련도감이라는 군대 조직에 속해 있는 포수.

범벅 타령 2

정월에는 달떡범벅
이월에는 시래기범벅
삼월에는 쑥범벅
사월에는 수리취범벅
오월에는 느티범벅
유월에는 밀범벅
칠월에는 수수범벅
팔월에는 꿀떡범벅
구월에는 귀리범벅
시월에는 무시루범벅
동짓달에는 동지범벅
섣달에는 흰떡범벅

범벅 타령

정월에는 꿀범벅
이월에는 호박범벅

이월 지나 삼월에는

휘범벅이 제일이오

삼월 지나 사월에는

불깃불깃 송기범벅

오월에는 비빔범벅

유월에는 밀범벅

유월 지나 칠월에는

보리범벅이 좋을시고

약장 타령

약장 토장 계모장은
상추나 쌈이 제격이로다

(후렴) 에헤라데헤라
        얼씨구절씨구 지화자 좋네

신재령 나무리 벼 풍년 들면은
태상벌 벌에는 수수 풍년이로구나 (후렴)

황주나 흑색벌 무 풍년 들면은
신계나 곡산에 멀구 풍년이로구나 (후렴)

등 풀이

얼쑹덜쑹 호랑등은
만첩청산 어따 두고
절에 공중 걸렸느냐

물색 좋다 초록등은
황아장수[1] 어따 두고
절에 높이 걸렸느냐

꼬부랑꼽장 새우등은
얼멍이 구녕[2] 왜 마다고
절에 공중 걸렸느냐

목 길다 황새등은
논틀[3] 밭틀 왜 마다고

■ 정월 대보름날 마을 제사를 지낸 뒤 놀이판에 등을 달고 탈놀음을 시작한다. 탈놀음 판에 등을 달면서 등놀이를 하는데, 그때 부르는 노래이다.
1) 여러 가지 잡화를 지고 다니면서 파는 행상.
2) 얼멍이는 어레미, 곧 구멍이 굵은 체. 여기서 얼멍이 구멍은 바닷가에 가득 뚫려 있는 새우가 들어갈 수 있는 구멍들을 가리킨다.

절에 높이 걸렸느냐

목 짜릅다 자라등은
백사지를 어따 두고
절에 공중 걸렸느냐

팔팔 뛰는 숭어등은
서해 바다 어따 두고
절에 높이 걸렸느냐

넙적하다 붕어등은
둠벙 갓을 어따 두고
절에 공중 걸렸느냐

---

3) 논틀길. 논두렁 위로 난, 꼬불꼬불하고 좁은 길.

지명 풀이 1

반자 들어 장반

풀 쑤어 바리미

칙칙 버들개

앉어서 먹을터

썩어서 문정리

문 삶아 무른데미

주발대접 놋접

헌 누더기 지시울

발 아래 마당골

쇠머리 우두

두 개울 모아 한개울

손꼬락 끼어 골미

이밭 저밭 샘밭

이 두럭 저 두럭 샘두럭

오다가 올미

가다가 갈두리

■ 춘천 지방의 지명들을 가지고 말놀이를 한 것이다.

지명 풀이 2

청주 안주는 대구요
상주 장단은 곡성이라

댁 풀이

현방이 긴굴댁
망에 똘똘 갈월댁
한데리 절숙 절국댁
너들너들 너들이댁
앉었다 섰다 선돌댁
수풀 아래 뱅굴댁
간둘 간둘 간두르댁
잡아 맺다 매재이댁

국문 풀이

가나다라 마바사아
ㄱㄴㄷㄹ
ㄱ자로다 집을 짓고
ㄴ자로다 테를 달아
지그시 지그시
한 백년 사잤더니
인연이 없어 못 살겠네

가갸 거겨
가이 없는 이내 몸이
거지 없이 되었구나
고교 구규
고생하던 우리 낭군
구곤하기가 짝이 없네

나냐 너녀
나귀 등에다 솔질을 하고
순금 안장 지어 타고
팔도강산 구경갈까

노뇨 누뉴
노년은 무용인데
아니 놀고 무엇 하리

다댜 더뎌
다닥다닥 붙었던 정이
덧이 없이 뚝 떨어졌네
도됴 두듀
도장은 늙은 몸이
갱소년 못 하리라

라랴 러려
날아가는 원앙새야
널과 날과 짝을 모자
로료 루류
노류춘풍은 인개유지
처처에 있건마는

마먀 머며
맞았더니 맞았더니
님의 생각 절로 난다
모묘 무뮤
무정세월이 약류파하여
돌아간 봄철이 또다시 오네

바뱌 버벼
밥을 먹자 돌아다 보니
벗이 없어 못 먹겠네
보뵤 부뷰
보고지고 보고지고
님의 얼굴 보고지고

사샤 서셔
백년을 살자고 언약을 하였더니
언약이 중치 않아 못 살겠네
소쇼 수슈
소솔이 단풍 찬 바람에
울고 가는 저 기럭아
님의 소식을 전하여 주려무나

아야 어여
아이 담삭 쥐었던 손목
어이없어 똑 떨어졌다
오요 우유
오동 복판 거문고에
새 줄 얽어 무릎에 놓으니
청학 백학이 우줄우줄 춤을 춘다

자쟈 저져

자조 종종 오마던 님이
소식조차 돈절이란 말가
조죠 주쥬
조벼내게 골 내던 낭군
편지 일장 논설하다

차챠 처쳐
차라리 잊었더면
온정이나 뚝 끊질걸
초쵸 추츄
초당에 곤히 든 잠
봉학의 소리에 놀라 깨니
봉학은 간곳없고
나느니 솔솔 물소릴세

카캬 커켜
칼 잘 쓰는 용장군
요내 몸을 점점이 저밀지라도
님을 끊고 못 살겠네
코쿄 쿠큐
콜작콜작 우는 눈물에
요꼴 조꼴 아니 볼걸

타탸 터텨

타도 타도 월타도한데
누구를 바라고 나 여기 왔나
토툐 투튜
투기지심이 절로 나도
님은 없어 못 살겠네

파퍄 퍼펴
파요 파요 보고파요
님의 얼굴이 보고파요
포표 푸퓨
폭포수로 짓는 물에
아주 풍덩 빠졌더면
요꼴 조꼴 아니 볼걸

하햐 허혀
한양 낭군은 내 낭군인데
편지 일장을 논설하다
호효 후휴
후회지심이 절로 나네
님 생겨 달라고 기도나 하자

한글 노래

가갸 가다가
거겨 걸어서
고교 고기 잡아
구규 국 끓여서
나냐 나하고
너녀 너하고
노뇨 노나 먹자

과거 노래

옥동 같은 귀한 애기
뭉게뭉게 자라날 제
육칠월에 오이 크듯
칠팔월에 가지 붓듯
만수산에 구름 일듯
용문산에 안개 피듯
동해 바다 파도 일듯
서해 바다 물밀듯이
뭉게뭉게 자라날 제
초다섯에 입학하여
글공부나 하여 보자

어떤 글을 배우시나
천자유합에 동몽선습
시전에 논어 맹자
사서삼경에 무불통지
때는 좋다 어느 때냐
국태민안 시화연풍
연년이 돌아들 제

태평과[1] 뵌단 말을
동남풍 편에 넌짓 듣고
과거 치행 차릴 적에
도령님의 치레 보소

삼단 같은 머리채
반달 같은 와룡소로
어이 슬슬 빗겨 내어
무문갑사 궁초 댕기
끝만 슬쩍 물려 놓고
둥둘하니 방짜[2] 보선
육날 메투리 맵시 있다
나귀 잔등 선찟 올라
하루 이틀 사흘 나흘
닷새 엿새 십여 일에
서울 한양 올라가서
과장科場에 들어서니
천하에 선배들이
구름 모이듯 하였구나

현제판懸題板[3] 바라보니

---

1) 나라에 경사가 있을 때 특별히 실시하던 과거.
2) 아주 좋은 물건을 이르는 말.

글제가 붙었는데
어떤 글제 붙었는가
천하태평춘이라
그 글 따라 글을 질 제
용연에 먹을 갈아
양두화필 덥석 풀어
백릉설화 간지상에
일필휘지하여
선장 일천[4]하니
상시관이 받아 보고
어허 이 글 잘 지었다
자자이 비점이요
구구마다 관주로다[5]

알성급제[6] 도장원에
한림학사 제수하니
신한림의 거동 보소
머리에는 어사화요
허리에는 금관 옥대
금안 준마 높이 앉아

---

3) 과거를 볼 때 문제를 써서 내거는 판.
4) 과거 때 답안지를 제일 먼저 내는 것.
5) 비점이나 관주는 모두 시나 문장을 평하면서 잘 쓴 곳에 점이나 동그라미를 치는 것.
6) 임금이 직접 보이는 과거에 합격한 것.

대로 상에 나올 적에

뉘 아니 부러하며

뉘 아니 칭찬하리

선산에 소분掃墳⁷⁾차로

내려온다 내려온다

동대문 밖 썩 내달아

본댁으로 선문⁸⁾ 놓고

삼일유가⁹⁾ 하신 후에

선산에 소분하고

도로 상경 올라가서

내직으로 들어가

삼정승 육판서에

좌의정 우의정 다 지내고

하실 벼슬 전혀 없어

시골 하방 뚝 떨어져

천하지대본이 농사라니

농사나 지어 보자

---

7) 조상의 산소를 찾아가서 제사하는 것.
8) 먼저 통지를 하는 것.
9) 과거에 합격한 자가 사흘 동안 풍악을 울리면서 선배와 친척들을 찾아다니는 것.

일천문자 일어다가

선보님이 선보님이
일천문자 일어다가[1]
꽃구경을 하느라고
일천문자 잊아뿔고
생각산에 물푸레로
갬길대로 갬게 쥐고
때릴대로 때려 주소

---

[1] 읽다가.

통골집 통도령이

통골집 통도령님이 통감을 끼고
통생원 댁으로 통학 중이었다
겨울통을 내어 불통[1]을 하므로
담배통으로 대갈통을 얻어맞고
울통불통하여 골이 통통 났다
절구통 뒤에 가 있다가 물통을 뒤어쓰고
숨통이 막히어 복통증이 생겼다

---

1) 시험에 통과하지 못한 것.

굿우름

성안 성내에 대주로다
세상에 헤어진 시주로다
제석마누라[1] 소위라네
이게 다 무엇이냐
부뚜막에 조고만 쥐냐
새앙쥐 눈물이냐
이 정성이 무슨 정성이냐
얻어다 놓았느냐
비럭질해다 놓았느냐
이따위 치성을 갖고
복을 받자느냐 화를 면차느냐

어서 곧장 차리지요
도와주소 깨워 주소
태곳적 일월같이
성세의 건곤같이

■ 무당들이 굿을 시작할 때 부르는 노래이다. 혼자 주고받으며 부르는데 굿하는 주인에게 돈과 떡과
 고기와 술을 더 많이 내라고 위협도 하고 타이르기도 하는 내용이다.
 1) 무당이 섬기는 신령.

너그럽게 새워 주소

굿판이 왜 이리 쓸쓸하냐
옛날 대신네 문전이냐
갑오년 거동 때
한성 판윤이 호가적간[2]을 했느냐
양푼이에 갈비찜 사자 잡아 멍석떡
꿩에 고기 약산적 돼지고기 쇠고기를
뒤치고 재치고 끓여 오너라

예에 차리지요
제석마누라 도와만 주소

네 죄를 따져 보면
큰 산 같고 대숲 같다
눈 더듬 말고 들이어라
어름 더듬지 말고 똑똑히 일러라
네 갈 데는 험악하다
네 설 데는 염차지옥

그러지 말고 도와주소
그렇지 않도록 해주오

---

2) 권세 있는 부잣집에 죄가 있는지 살핌.

낚시 물고 도마에 오른 고기
내가 돌보면 꼬리 치며 강으로 간다
푸줏간에 오른 고기도
내가 돌보면 풀밭에 영각한다
우리 제석마누라 오금만 달싹해도
대복이 쏟아진다 어화 술 걸어라
돈 걸어라 떡 걸어라
쿵자쿵자에 굿이로구나
쿵자쿵자에 신 내린다

귀신 쫓는 소리

홀애비 죽어 하무자귀야
총각 죽어 몽달귀야
너도 먹고 가게서라
무당 죽어 걸립귀야
쇠경 죽어 신선귀야
너도 먹고 나가서라
선달 죽어 호반귀야
처녀 죽어 간신귀야
과부 죽어 탄식귀야
너도 먹고 나가서라
오동추야 달 밝은데
처녀 총각 단둘이 놀다가
상한 나서 죽은 귀야
너도 먹고 가게서라
시오마니 몰래 쌀 퍼주고
엿 사먹다 목구멍 메어 죽은 귀야
너도 먹고 나가서라
천만리로 방송하고
억만리로 가소사 쾅 칭 쾅 칭

성주풀이

성주 본향이 어디메뇨
경상도 안동 땅의 제비원이 본향일러라[1]
제비원의 솔씨를 받아 소평 대평에 던졌더니
그 솔씨 점점 자라 소부등[2]이 되었구나
소부등이 점점 자라 대부등이 되었구나
대부등이 점점 자라 청장목이 되고
황장목[3]이 되고 도리기둥이 되었구나
에라 만수

그 재목을 내랴 하여 서른세 명 역군들이
옥도끼를 둘러메고 영평 가평 들어가
소산에 올라 소목을 내고 대산에 올라 대목을 내고

■ 성주는 집을 지키는 신이다. 집을 새로 짓거나 옮겼을 때 '성주받이' 굿을 하며, 해마다 정월 초에 집안에 재난이 없고 편안케 해 달라고 빌었다. 차츰 마을 연중행사처럼 되어 동네 젊은이들이 떼를 지어 이 노래를 불렀다. 집집마다 차례로 들어가서 마당 안을 빙빙 돌면서 이 노래를 불렀다.
1) 제비원은 안동 연미사燕尾寺 옆에 큰 미륵불이 있는 곳을 이른다. 미륵불 뒤에 있는 소나무의 솔씨가 온 나라에 퍼져 성주가 되었다는 전설이 있어, 성주신의 본향이라 전한다.
2) 소부등은 그리 굵지 않은 나무. 대부등은 아름드리나무.
3) 잘 썩지 않고 갈라지지 않아 임금의 관이나 궁궐 대들보로 쓴 소나무. 속이 황금빛이어서 황장목이라 한다.

원근산의 칡을 끊어 궁글 뚫어 떼를 모아
양구 양천 흐르는 물에 이리 둥덩실 띄웠네
이 물의 이 사공아 저 물의 저 사공아
허리 간에 화장하여 눌 데가 점점 늘어져 간다
에라 만수

넋이야 넋이로다 네 넋이 뉘 넋이냐
홍복한을 지어 내어 부모 양친 이별하던
숙 낭자의 넋도 아니요
공양미 삼백 석에 어둔 눈을 뜨단 말가
심 낭자의 넋이로다
에라 만수

마누라 어데 가오 남산 밑에 송림 가오
백비단 긴 장옷에
솔잎이 돋아 푸르기로 하월이라 하노라
마누라 오시는 길에 거문고로 다리 놓고
가얏고 열두 줄로 동당실 나리소서
에라 만수

보통문 송객정아 이별 애껴 설워 마소
인간 이별 만사 중에 한 백년 살아 보자
에라 만수

연연한 북소리는 태평세월을 자랑하고
둘이 부는 피리 소리 쌍봉황이 노니는 듯
소상반죽 젓대 소리 사람의 흥을 자아내고
곡곡성진 계금성[4]은 연풍을 자랑하니
인간 선악이 여기로다
에라 만수

어와 청춘소년님네 부귀공명을 탐치 마소
부귀는 지나가고 공명은 풍진이라
비백세지인생非百歲之人生[5]이 아니 놀고 무엇 하리
놀자 하면 어이 노나 한송정 솔을 비어
조고맣게 배를 무어 솔렁술 배를 띄워 놓고
술이나 안주 많이 싣고 강릉 경포대로 달구경 가자
에라 만수

여봐라 말 들어라
천지간 만물지중에 인간이 최귀最貴하여
인륜 도덕 인의예지가 사람의 근본이니
소년 행락 부모 봉양 보국안민輔國安民 하는 법은
대장부의 할 일이로다
에라 만수

---

4) 가축들의 울음소리.
5) 백 년을 못사는 인생.

일월 같은 우리 성주
산악같이 덕이 높아 무너지지 마옵시고
하해같이 수를 하사 끊어지지 마옵소서
에라 만수

성주풀이

경상도 안동 땅에 제비원에 들어가서

솔씨 한 쌍 받아 쥐고

대평 소평에 던졌더니 그 솔씨가 점점 자라

일년이 못 되어서 다방솔[1]이 되었구나

다방솔이 점점 자라 소부등이 되었구나

소부등이 점점 자라 대부등이 되었구나

왕재목 채재목에 마루감이 충실하다

서울이면 관재목이요 시골이면 왕재목이라

이 나무를 찍어다가 일 잘하는 도부 편수

사방으로 모셔다가 장치제를 하옵실 제

대소목인[2]이 모여들어 오린긴침 대톱이며

대자귀 소자귀 가꾸도끼 논주 푼주 결탕 대패 통송곳을

---

1) 다방솔은 다복솔. 가지가 탐스럽고 소복하게 많이 퍼진 어린 소나무를 말한다.
2) 큰 집을 잘 짓는 대목, 가구를 짜는 소목 등 목수가 많음을 이르는 말.

전좌우로 벌였는데 도편수의 거동 보소

한 손에는 먹통 쥐고 한 손에는 자를 들고

한 자 두 자 척수 놓고 한 줄 두 줄 먹줄 맞춰

굽은 낡은 펑 다듬어 이리저리 버렸어라

석달갈이 지정 닦고 보름갈이 지대 쌓고

용의 머리 할게중에 좌청룡 우백호에 남주작 북현무에 터를 닦고

호박 주추 마노 기둥에 서화서에 구릉보로

자좌오향 입구 자로 풀어 짓고 네 귀에 풍경을 달고

양류춘풍에 때때로 노닐 적에 세월이 하 좋구나

상엿소리

이 세상에 올 적에는 백년이나 살까마니

(후렴) 너화홍 너화홍 너화 넘자 너화홍

먹고진 것 못다 먹고 어린 자손 사랑하야 (후렴)
천추만세나 지낼라고 했더니 너와 나와 (후렴)

청천이 유수하야 인생을랑 내었지만 (후렴)
무정세월 여류하야 인생을 늙히는구나 (후렴)

우리 가는 길 설워 마소 늙을 수가 있나니라 (후렴)
늙고만 말 것이 아니라 북망산에 가고 만다 (후렴)

인생 일장춘몽이요 세상 공명 꿈밖이라 (후렴)
유수 같은 이 세상을 헛되이 허송하고 (후렴)

북망산천이 먼 줄 알었더니 방문 밖이 북망산이라 (후렴)
황천수가 멀다더니 앞냇물이 황천술세 (후렴)

상엿소리

위 너머차 너호

어호 원산에 안개 돌고 근촌에 닭이 운다

위 너머차 너호

양곡에 젖은 안개 월봉으로 돌아든다

위 너머차 너호

어장촌[1]에 안개 짙고 샛별 뜨고 희안봉에 구름 떴다

동방을 바라보니 월성일점月星一點 샛별 뜨고 벽해 천리 그늘진다

고고천변 일륜홍[2]은 부용에 둥실 높이 떴다

위 너머차 너호

어화 이 궤를 져다 저 물에 들이칠까

---

1) 어촌.

2) 높은 하늘가에 붉은 해가 솟았다는 뜻.

통곡 소리

아이고지고 와 죽었노
무슨 나이 그리 많아
청산길이 바쁘더냐
구곡간장 다 썩는다

나 죽고 네가 살아
이 아픔을 겪어 봐라
너 죽고 나만 남아
울며불며 살라느냐

세상사 무정하다
구천이 무너지고
땅이 그냥 꺼져간들
이 아픔이 더할쏘냐

무덤 소리

조상의 선영 아래 자는 듯 누웠은들
어느 누가 반겨 주며 정다이 돌아보랴
공수래공수거 산청청 월명명에
우느니 두견이오 엿보나니 산새로다

삼우제 지낸 후에 산신에게 고사하고
사람들은 훨훨훨 온 길을 되가건만
잔디도 덮지 못한 휘젓한 무덤 하나
만학천봉에 석조가 걸리누나

아버님 전 뼈를 받고 어머님 전 살을 빌었더니

세상 백년 생겨날 제 열 시왕전 명을 빌고
제석님 전 복을 빌며 아버님 전 뼈를 빌고
어머님 전 살을 빌어 이 세상 백년 생겨나니
우리 부모 날 기를 제 은자동아 금자동아 하며
오색 비단에 채색동이
금을 주고 너를 사랴 은 주기로 너를 사랴
쥐면 꺼질세라 불면 날까 하여 곱게 곱게 기를 적에
글 배우고 활 쏘아 문무겸전하여 입신양명하여
어진 가저[1] 맞다가 당상학발堂上鶴髮 천년수千年壽[2]요
슬하 자손 만세영萬歲榮[3]하랴더니
우연히 득병하여 백약이 무효로다
다만 부르나니 어머니요 찾나니 냉수로다
무녀 불러 굿을 한들 굿 덕이나 입을시며
소경 불러 송경한들 경 덕인들 입을쏘냐
성천에 이경화[4]가 다시 갱소년更少年할지라도

---

1) 며느리.
2) 부모님이 오래오래 산다.
3) 자손들이 오래 영화를 누린다.
4) 조선 시대 성천에 살았다는 유명한 의원.

이내 병 고치기 만무로다

형방패독산과 곽향정기산이며 환약 탕약이 다 부질없다

인삼 녹용으로 집을 지으며 사향으로 벽을 바르고

우황청심환으로 불요[5]를 하여 덮고

불로초로 불을 때인들 이내 병 고치기는 만무로구나

여보 마누라 나 죽어 북망산천 돌아갈 제

서양 청국 비단 오롱촉백이며

삼수갑산 회령 종성령 맹포도 다 그만두고

마누라 입던 단속곳 벗어

이내 일신 면목 악수握手를 눌러 씌우고

육진六鎭 장포 열두 매끼 아주 꽝꽝 묶어 내어

전나무 장광틀에 스물네 명 상두꾼은

어얼너얼 발맞추며 연반꾼아 불 밝혀라

붉은 명정은 종로 대로상에 표불飄拂하고[6]

남문 밖 사십 리 보통普通 송객送客[7] 이별할 제

풍취광야風吹廣野에 지전비紙錢飛[8]하니

고묘누루古墓累累 춘초록春草綠[9]이라

5) 이불과 요.

6) 펄럭이고.

7) 보통문 밖에서 손님을 보낸다.

8) 바람 부는 넓은 들에 종이돈이 난다. 종이돈은 사람이 죽으면 저승으로 가는 노자로 쓰라는 뜻으
   로 관 속에 넣어주기도 하고 상여에 매달아 주기도 하였다.

9) 옛 무덤들이 가득 있는데 거기에 봄풀이 푸르다는 뜻.

당리화영 백양수白楊樹는 진시眞是 사생死生 이별처라

명막중천冥漠中天 곡불문哭不問[10]에
소소모우蕭蕭暮雨 인귀거人歸去[11]할 제
이 모루 저 모루 저 모루 얼른 지나고
약골弱骨 잔명殘命에 혹 하나 돋힌 후에
홍안박명紅顔薄命에 청춘애처靑春愛妻[12]가 님의 분묘를 찾아갈 제
이 모루 저 모루 다 지나가니 우리 님의 분묘가 여기로구나

분묘 앞에 난 금잔디로다
금잔디 위에다 제석祭席[13]을 펴며
제석 위에다 조조반早朝飯 놓고
조조반 위에다 백유지 펴고
그 위에다 온갖 음식을 다 벌여 놓는다
염통산적에 양볶이 녹두떡 살치찜이며 인삼 녹용에
도라지나물 고비고사리 두릅채 왕십리 미나리며
먹기 좋은 녹두나물 쪼개쪼개 콩나물이며
신계 곡산 무인처에 멀구 다래 다 따다 놓고
함종에 양률이며 평양 북촌에 왕밤 대초며
전라도 대건시며 연안 배천에 청실리靑實梨 황실리黃實梨며

---

10) 하늘에 어둠이 자욱하여 울어도 알지 못한다.
11) 저녁 비 쓸쓸히 내릴 때 사람들은 돌아간다.
12) 얼굴은 고우나 팔자가 기막힌 젊은 안해.
13) 제사 지낼 때 펴는 자리.

수원 홍감 참우 능라도 썩 건너서서 둥글둥글 청수박을

대모장도 드는 칼로 웃꼭지를 스르루 돌려

강릉 생청을 또루루 부은 후에

은동거리 수복壽福저로 씨만 송송 골라 놓고

좌청우면左靑右麪에 홍동백서紅東白西[14]로 즈르르 벌인 후에

한 그릇 매와 한 그릇 갱羹[15]에

맛 좋은 포도주 빛 좋은 국화주

마고선녀 천일주 빛 좋은 감홍로 맛 좋은 황소주

이 술 저 술 다 버리고

청명한 백소주를 은잔 금잔 다 그만두고

노자작 앵무배에 한 잔은 부어 퇴잔하고

두 잔은 부어 첨작을 하고 석 잔을 부어 삼배주 드린 후에

두 다리를 활씬 펴고 잔디 한 움큼을 우드득 뜯어

모진 광풍에 휘날린 후에 왜 죽었느냐 왜 죽었느냐

옷밥이 그리워 네 죽었느냐

세상천지에 제일 보배를 내 버리고 너 왜 죽었지

망종 왔던 길에 한번 불러나 보고 가잤구나

나오너라 나오너라 귀신이라도 네 나오고

정령이라도 네 나오려무나.

시시때때로 네 생각 못 잊어 나 못 살겠구나

---

14) 왼쪽은 꿀, 오른쪽은 국수, 붉은 음식은 동쪽, 흰 음식은 서쪽으로 제사 음식을 차려 놓는다는 말.
15) 한 그릇 밥과 한 그릇 국.

산에 산새
들에 들새
강에 강새

산에는 산새요 들에는 들새요
강에는 물새요 바다에는 바닷새
새도 새도 많은 새 가지각색 우는 새
이 새 저 새 다 좋아도
풍년새가 제일일세

개야 개야 복술개야

울 어머니 저승 가고 우리 형님 시집가고
울 아버지 날 줄라고 댕기가음 사러 가고
내 혼자만 집 볼 때에 복술이 개 앞에 앉고
개야 개야 복술개야
어미 개는 어디 두고 너 혼자만 여기 와서
내 가슴은 네가 안고 네 가슴은 내가 안고
아침 해가 밤 되도록 울고 울고 또 울어서
내 눈물에 네 뺨 젖고 네 눈물에 내 뺨 젖어
젖고 젖고 또 젖더니 굽이굽이 떨어져서
전신만신 배었구나 외롭고도 가엾어라
너는 키워 큰 개 되고 나는 커서 어른 되면
너 간 데는 내 모르고 내 간 데는 너 모르면
누를 안고 운단 말고 어느 때라 다시 만나
내 설움에 네가 울고 네 설움에 내가 울고
개야 개야 복술개야
인연 없이 만났건만 어이 그리 정다울꼬

닭아 닭아 꼬꼬닭아

닭아 닭아 꼬꼬닭아
경홀하게[1] 울지 마라
우리 할배 기일이라
우리 할배 제 잡술 때
네가 울어 날이 새면
고량진미 만반진수
못 잡숫고 행하신다

[1] 가볍게.

닭알님이 닭 되었네

겉은 백옥이요
속은 황금일세

초봄에 둥지 틀어
어미 품에 몸 덥혀서

해님 오고 달님 오고
남풍조차 스쳐 가서

삐약삐약 삐약 소리
닭알님이 닭 되었네

소 타령

이홍지홍 우리 소님
팔자도 좋소웨
여름 석 달 먹여 내니
고운 풀에 살이 찌고
겨울 석 달 먹여 내니
더운죽에 살이 찌고
전후 쌍거리 덧굴레
풍치도 좋소웨

내 팔자야 말도 말게
등에선 기르마[1]가
떠날 줄을 모르고
우시시 끓는 물에
여물이나 먹소웨
살아서 고생이고
죽어 또한 고생이지
나라님의 고륜상[2]에

---

1) 길마. 소나 말 따위의 등에 얹는 안장.

너비 산적 길이 산적
이내 살이 아닐쏘냐
호반님[3]의 정녕 활이
이내 힘줄 아닐쏘냐
화등 아래 등걸이는
이내 뿔이 아닐쏘냐
젊은이의 이쑤시개
늙은이의 귀쑤시개
이내 뼈가 아닐쏘냐
처녀들이 신은 당혜
이내 가죽 아닐쏘냐

---

2) 임금의 밥상.
3) 무관.

우리 소지

우리 소지
앞발 구르고 뒷발을 굴러
네발을 들고 꽁지 뻗치고
빨리 달려라 미여 어

우리 암소

가자 가자 어서 가자 네가 네가 빨리 가면
나도 또한 너와 같이 쉬지 않고 갈 터이야
암소 암소 우리 암소 너의 천성 내가 안다
성큼성큼 걷는 모양 분명할손 나의 동무

누런 머리 검정 몸에 양의 뿔과 곱새등은
옛적 노인 하신 말씀 일가정에 보배라네
어서 어서 빨리 가자 앞집 머슴 저기 간다
너의 새끼 엄마 찾아 갈팡질팡 야단한다

등불 같은 너의 눈을 이리저리 정신 차려
굵은 돌은 넘겨 딛고 잔돌을랑 밀어 디뎌
부디부디 실수 말고 저 밭둑에 어서 가자
향내 나고 맛 좋은 풀 다른 사람 베어 갈라

얼른 한 짐 베어다가 너의 등에 실을 테니
설렁설렁 돌아가서 고픈 배를 불쑥하게
궂은비야 오지 마라 신간 의복 다 젖는다
그도 역시 그렇거든 우리 암소 어이하리

꿀꿀 돼지

꿀꿀 돼지
처녀가 먹이 주면
좋아라고 꿀꿀

처녀가 시집갈 때
저 잡을 줄 모르고
처녀만 보면은
먹이 달라 꿀꿀

돼지는 까마귀 보고

돼지우리는 담 밑에 있고
담 너머엔 개암나무 서고
개암나무 위에 달이 뜨면
까마귀 한 마리 내려다본다

까마귀는 돼지를 보고
돼지는 까마귀를 보고
달은 개암나무를 보고
개암나무는 달을 본다

야옹거리는 놈아

지붕 위에 앉아서
야옹거리는 놈아

다락 밑에 앉아서
야옹거리는 놈아

쥐는 쥐는 안 잡고
야옹거리는 놈아

오며 가며 가며 오며
앙칼만 부리는 놈아

고양이 두 마리가

재밤중에 건넛집 용마루에
별 네 개가 반짝거리는 것이 무엇일꼬

고양이 두 마리가 무릎을 맞대고 앉아
박꽃 피나 보고 있는 거지

서생원이 감투 쓰고

바삭바삭 서생원이
감투 쓰고 장죽 물고
아장아장 나옵니다

생원 벼슬 하였건만
생쥐 때가 그리워서
궤짝 갉아 벌여 놓고
소꿉질이 하고 싶어
갸웃갸웃 돌레돌레

워렁저렁 말을 타고

워렁저렁 말을 타고
장수들은 전장 가네

워렁저렁 말을 타고
선비들은 과거 가네

워렁저렁 말을 타고
정든 님은 돌아오네

사슴 타령

사슴 사슴 대사슴아
슬기 청산 노사슴아
바로 서서 약 받아라

앞에 섰는 포수님요
뒤에 섰는 포수님요
김 포순지 이 포순지
성은 자세 몰라 해도
날 잡아서 뭣 하겠소

인간 거게 해치던가
곡식 거게 해치던가
무주공산 열매 먹고
죄 없이도 사는 즘생
이내 일신 작발하면
경상감사 진상 밖에
그 위에 더하겠소

앞다리는 가지시면

평안감사 진상 밖에
그 위에 더하겠소
이내 간을 내었으면
포수님의 안주밖에
그 위에 더하겠소
이내 껍질 달라시면
도련님의 까친 가죽
애기씨님 열대 가죽
덕이씨님 골미 가죽
이만 위에 더하겠소
이내 뿔을 빼었으면
무당님의 송시밖에
한량님의 깍지밖에
그 위에 더하겠소

아흔아홉 골짝
골짝마다 새끼 있어
차마 두고 못 죽겠소
돌아서소 돌아서소
포수님요 돌아서소
김 포수도 돌아서고
이 포수도 돌아서고
국사에도 사정 있소

산중 대왕 호랑이

산중에는 대왕이요
숲속에는 왕자로다

네 얼굴은 징짝 같고
네 눈알은 화경 같고
네 껍질은 융단 같고
네 발톱은 칼날 같다

무서운 호랑이야
사람을랑 물지 말고
인간 세상 범접하는
잡귀 잡신 다 물어라

나비 나비 범나비야

나비야 나비야 범나비야
춘양진 범나비야
꽃을 보고 넘놀지 마라
석양에 노는 거미
너 오기만 기다린다

나비 나비 범나비야

나비 나비 범나비야
무슨 꽃을 좋아하노
면달래 반달래
맨드라미 봉선화
가지 벌어 땅찔레
궁마꽃 국화꽃
목단화 해당화를
좋아한다

나비 나비 봄나비

나비 나비 봄나비
꽃이 진다고 설워 마라
꽃이 진들 아주 질까
명년 봄이 다시 오면
꽃 시절은 다시 오리

나비는 청산 가고

나비는 청산 가고
범나비 너도 가고
쓸쓸한 이 뜰 안에
님도 없이 앉았으니
이내 몸이 꽃인 줄을
어느 누가 알아줄꼬

청나비 볼작시니

강노 강노 강넜이야
유자 강노 송넜이야
이슬 같은 꽃각시야
언덕산 잣낡에
싱금떼를 물어다
옥하당에 집을 짓고
잠을 자다 꿈을 꾸니
오랑저랑 대추낡에
청실비단 유두낡에
청나비가 앉았고나
그 나비를 볼작시니
부모 보나 다름없다

매미 타령

가지 위에 앉아서
노래하는 네 신세가
부럽다마는
칠팔월이 다 지나고
구시월이 닥쳐오면
찬 바람 찬 서리에
네 울음이 섧지 않으랴

한산 모시 세모시
하늘하늘 네 날개가
부럽다마는
먹장구름 몰려와
소낙비가 쏟아지면
가지마다 폭포질 때
네 입성이 섧지 않으랴

한 다리 없는 땅개비

한 다리 없는 땅개비
외포[1] 한 짐 짊어지고 앵두 고개 넘어가다
얻었구나 얻었구나 계집 하나 얻었구나
낳았구나 낳았구나 자식 하나 낳았구나
날렸구나 날렸구나 점풍으로 날렸구나[2]
어따가 파묻었나 귀뚝[3] 위에 파묻었네
무엇 짚고 울었냐 부지깽 짚고 울었네
무엇으로 덮었냐 삿갓으로 덮었네

---

1) 채소를 공물로 바치던 것.
2) '점풍'은 경풍. 경풍으로 아이를 잃었다는 말이다.
3) 굴뚝의 전라도 사투리.

산에 산새 들에 들새 강에 강새

산에는 산새요
들에는 들새요
강에는 물새요
바다에는 바닷새

새도 새도 많은 새
가지각색 우는 새
이 새 저 새 다 좋아도
풍년새가 제일일세
에라 만수야

새야 새야 임금새야

새야 새야 임금새야
명년 봄에 꽃이 피리
소년 고목 꽃이 피면
너의 백성 환생하리

청배나무 소년 때에
오만 새가 다 오더니
그 배나무 고목 되니
눈먼 새도 볼 수 없네

새야 새야 우는 새야

새야 새야 우는 새야
어미 없어 슬피 우나
젖이 없어 슬피 우나
서리 아침 찬바람에
발발 떨며 슬피 우네

파랑새 1

아버지 울 아버지 저 새 조곰 보시이소
와도 울고 가도 울고 울며불며 나는 저 새
저 새 이름 무슨 샌고 파랑새라 하옵니다

울 어머니 가신 후에 우리 형제 사는 정상
너무도 어이없어 차마 못 봐 슬피 우네
저 새가 새 아니라 엄마 넋이 우옵니다

이 애야 그 말 마라 찬물에도 목이 메어
앉아 보나 서서 보나 피눈물이 맺고 듣는다

파랑새 2

청태산 백마지기 평풍산 도랑배미
지슴 동동 띄워 놓고 물 가득 실어 놓고
옥제라 정자 밑에 시로시로 잠이 들어
전실아기 잠자는데
다신애미 점심 싸서 와서 보고 돌아간다
아비에게 말을 해서 자는 애를 죽였구나
죽은 아기 목 속에서 파랑새가 날아나며
전실 애 난 자식 두고 후실 장가 가지 마소
노래 노래 부르면서 간곳없이 날아간다

종달새 1

안개 방성 느레나무
금종달새 앉았구나
양반인지 쌍놈인지
관을 쓰고 앉았구나
내가 무슨 양반이리
절로 생긴 털관이지

종달새 2

황금 같은 꾀꼬리는
양류 밭에 왕래하고
머리 감실 깜장새는
밭머리에 살살 기고
종달새는 높이 날아
하늘 중천 떠올라서
아침부터 저녁까지
은방울을 흔든다네

종달새 3

보리밭에서 잠자다가
하늘에 올라 헤엄치네

보리밭에서 잠자다가
하늘에 올라 피리 부네

보리밭에서 잠자다가
하늘에 올라 호루라기 부네

옹금종금 종달새

옹금종금 종달새야
까치 비단 소루새야
너 어디서 자고 왔니

과방에 치달아
갈잎으로 자리 깔고
짚으로 이불 덮고
도토리 껍질 속에
밥 지어 먹고 왔네

종글종글 종글새

종글종글 종글새야
일천 비단 화단새야
이산 저산 낭글 비어
통배산에 배를 모아
어이 둥둥 한 바닥에
귀히 둥둥 띄워 놓고
시피내라 간나우야
너 나 볼라 하시거든
시천강을 건너오소

종금종금 종금새

종금종금 종금새가
건넛말로 시집갈 제
제비는 상객 가고
뻐꾹이는 가마 메고
굴뚝새는 하님[1] 가고
노랑노랑 노랑새는
떡당새기 이고 가고
열없는 까마구는
하릴없어 까악까악

---

1) 여자 종.

울고 가는 저 기럭아

기러기가 날아가네
반공중에 날아가네

새벽 서리 찬바람에
울고 가는 저 기럭아
모란봉이 어데더냐
모란향을 언제 볼꼬

모란향에 가신 형이
편지 한 장 써 주거든
녹수청산 감돌아서
달진골로 전해다고

홀로 앉은 저 뻐꾸기

낙락장송 늘어진 가지
홀로 앉은 저 뻐꾸기
우리 님 죽은 혼령인지
나만 보면 슬피 운다

슬피 우는 송낙새야

밀양이라 영남 숲에
슬피 우는 송낙새야
옷을 그려 슬피 우나
밥을 그려 슬피 우나
옷도 밥도 안 그려도
이 숲 짓던 삼 년 만에
이 숲속에 새끼 쳐서
못 키울까 슬피 우네

슬피 우는 송낙새야

이산 저산 양산 중에
슬피 우는 송낙새야
공산을랑 어디 두고
야산에 와 슬피 우노

동곳낢에 삐죽새가 앉아

끝 부러진 동곳낢에
삐죽새가 앉아 우네
옷이 그려 우는 새냐
밥이 그려 우는 새냐
옷도 밥도 내사 싫고
어린 동생 옆에 끼고
부모 그려 우는 샐세

뜸북뜸북 뜸부기

뜸북뜸북 뜸부기 어째서 우나
집도 없고 밭도 없는 행랑 할머니
병들고 돈 없어 뜸만 뜨다가
세상을 떠났다 슬퍼서 울지

산지니 수지니

산지니야 수지니야[1]
해동 참별 보라매
고봉은 동산[2] 뚝 떨어져서
만학천봉 감돌아드니
폭포는 쿵쿵 송풍은 쏼쏼
서산낙일은 뚝 떨어지고
월출동산에 달이 떴구나

---

1) 산지니는 산에서 자란 매. 수지니는 사람이 길들인 매.
2) 높이 솟은 동쪽 산.

금비둘기 알을 낳아

서울이라 왕대밭에
금비둘기 알을 낳아
그 알 한 개 주웠으면
금년 과거 내 할 것을
서울이라 왕대밭에
금비둘기 알을 낳아
다려 보고 만져 보고
안아 보고 품어 보고
갖고 가는 저 선비는
아들 아기 낳거들랑
곱사 장님 마련하고
놓고 가는 저 선비야
첫아들 낳거들랑
경상 감사 마련하고
둘째 아들 낳거들랑
평안 감사 마련하고
셋째 아들 낳거들랑
이내하고 사위 삼소

꿩꿩 무슨 꿩

꿩꿩 무슨 꿩
아들 낳고 딸 낳고
살아가는 꿩 서방
이웃댁이 콩 한 되
아랫댁이 팥 한 되
밭에 내려 올콩졸콩
산에 올라 끼르륵
그럭저럭 살아가니
만수문전 대풍년
꿩서방을 보려거든
푸른 산 바위 밑
푸드등 숲으로 가거라

장끼 낭군 호걸일레

일색일레 일색일레 산전山田 도방1) 일색일레
호걸일레 호걸일레 장끼 낭군 호걸일레
추자 매자 망건에다 옥관자를 달아 쓰고
생초록 저고리는 모초단 깃을 달아
백낭근 동정 달고
물병지통 겹바지는 올골이 누비어서
통좌좌 귀알띠2)는 반의중중 내려 치고
외씨 같은 겹버선은 깜짝같이 접어 신고
한포단 대님은 보선목에 질러 매고
도화불수 도리줌치 옷고름에 넌짓 차고
꽃당혜 가죽신은 모개청에 받아 신고
내 치레는 이랬네마는 자네 치레 어떠한가
내 치레는 이러하이 보래뎅뎅 치마 하나
보래뎅뎅 저고리 하나 내 치레는 이러하이

---

1) 길가.
2) 허리띠.

까투리 타령

까투리 한 마리 푸두둥하니 매방울이 떨렁
우여우여 어허 까투리 사냥을 나간다

전라도 지리산으로 꿩 사냥을 나간다
지리산에 올라 무등산을 보고
나주 금성산에 당도하니
까투리 한 마리 푸두둥 매방울이 떨렁
우여우여 어허 까투리 사냥을 나간다

충청도 계룡산으로 까투리 사냥을 나간다
계룡산에 올라 속리산을 보고
가야산에 당도하니
까투리 한 마리 푸두둥 매방울이 떨렁

경기도 삼각산으로 까투리 사냥을 나간다
삼각산에 올라 종남산을 보고
광주 산성에 당도하니
까투리 한 마리 푸두둥 매방울이 떨렁

경상도 문경새재로 까투리 사냥을 나간다
문경새재에 올라 청량산을 보고
보현산에 당도하니
까투리 한 마리 푸두둥 매방울이 떨렁

강원도 금강산으로 까투리 사냥을 나간다
오대산에 올라 금강산을 보고
태백산에 당도하니
까투리 한 마리 푸두둥 매방울이 떨렁

황해도 구월산으로 까투리 사냥을 나간다
구월산에 올라 달마산을 보고
불타산에 당도하니
까투리 한 마리 푸두둥 매방울이 떨렁

평안도 묘향산으로 까투리 사냥을 나간다
묘향산에 올라 천마산을 보고
평양 모란봉에 당도하니
까투리 한 마리 푸두둥 매방울이 떨렁

함경도 백두산으로 까투리 사냥을 나간다
백두산에 올라 관모산을 보고
두류봉에 당도하니
까투리 한 마리 푸두둥 매방울이 떨렁

새 타령 1

온갖 새가 울음 운다
후루룩 벅궁 꺽 푸드득
속궁 솟적다 떵그렁 비비죽
붏여귀 가부락갑숙
으흥 접동 우는 것은
백화산 제백조[1]라

---

1) 꽃이 만발한 산에서 온갖 새들이 운다.

새 타령 2

유색황금눈의[1] 꾀꼬리 노래하고
이화백설향의[2] 나비가 춤을 춘다
유작유소維鵲有巢[3] 짓는 재주 내 집보다 단단하고
산양자치山梁雌雉[4] 우는 소리 너는 때를 얻었도다
집은 방장 새려는데 소록이는 비오 비오
쌀 한줌이 없는 것을 저 새 소리 솟적다
포곡은 운다마는 논 있어야 농사하지
대승아 날지 마라 누에 쳐야 뽕 따겠다
배가 저리 고프거든 이것 먹소 쑥국새
목이 저리 갈하거든 술을 줄까 제호조
먹을 것 없었으니 계견을 기르것나
살해를 아니 하니 미록[5]이 벗이로다
삼월동풍방춘화시 비금주수飛禽走獸 즐길 적에
강남서 나온 제비 비입심상백성가飛入尋常百姓家[6]

---

1) 버들가지 위에 황금색 새싹이 돋아나니.
2) 눈같이 흰 배꽃에서 나는 향기에.
3) 까치가 집을 짓는다.
4) 산기슭 암꿩 우는 소리.
5) 사슴.
6) 백성들의 집으로 무시로 날아든다.

새 타령 3

온갖 새가 날아든다 온갖 새가 날아든다

남풍 쫓아 떨쳐 나니 구만장천의 대붕새

무한 기우杞憂 깊은 회포 울고 나는 공작새

소상 적벽 칠월야에 알연戛然 장명長鳴 백학이

글자를 뉘 전하리 가인佳人 상사想思 기러기

생증장액수고란生憎帳額繡孤鸞하니[1] 어여쁠사 채란새

천리만리 먼먼 길에 소식 전하는 청조새

위보가인수기서爲報家人數寄書[2]에 소식 전턴 앵무새

성성제혈염화지聲聲啼血染花枝[3] 귀촉도 불여귀

요서몽遼西夢을 놀라 깨니 막교지상莫敎枝上[4] 꾀꼬리

만경창파 녹수상에 원불상리願不相離[5] 원앙새

주란동정周亂東征 돌아들어 관명우지鸛鳴于地 황새

비입심상백성가飛入尋常百姓家 왕사당전王謝堂前 저 제비

양류지상담담풍楊柳池上澹澹風에 둥둥 떴는 진경이

---

1) 휘장 안 액자에 수놓은 난새를 싫어하니.
2) 고향집에 부치는 몇 마디 글월 알려줄 수 있으려나.
3) 소리소리 피울음을 울어 꽃가지를 피로 물들인다.
4) "꾀꼬리를 쳐 가지에서 울지 못하게 한다.[打起黃鶯兒 莫敎枝上啼]"는 당나라 시에서 온 말.
5) 서로 떠나고 싶어 하지 않는다.

낙하落霞는 여고목제비與孤鶩齊飛[6]하고 추수공장秋水共長 따오기

팔월 변풍邊風 높이 떠 백리 추호秋毫 보라매

금차하민수감모今且下民誰敢冒 연비여천鳶飛戾天 소리개

쌍비총구안雙飛冢鳩眼에 쌍거쌍래 비둘기

춘산무반독상구春山無伴獨相求[7] 벌목정정伐木丁丁 따저구리

어사부중御使府中 밤이 들어 울고 가는 까마귀

정위廷尉 문전에 깃들었다 작지강강鵲之彊彊 까치

만천소우몽강남滿天疎雨夢江南[8]은 한가하다 해오리

우후청강雨後淸江 맑은 흥 묻노라 갈매기

추래견월다귀사秋來見月多歸思[9]하여 열고 놓으니 두루미

산림비조山林飛鳥 뭇새들은 농춘화답弄春和答 짝을 지어

쌍거쌍래 날아든다

공기적동 공기 뚜루룩 수꿍소땅 가가삽수리 날아든다

야월공산 깊은 밤에 두견새는 슬피 운다

오색 채의를 떨쳐입고 아홉 아들 열두 딸을 좌우로 거느리고

상평전 하평전으로 아주 펄펄 날아든다

장끼 까투리가 울음 운다 껵껵 꾸루룩 울음 운다

저 무슨 새가 울음 우는고 저 뻐꾹새가 울음 운다

꽃 피어서 만발하고 잎 피어서 우거진데 청계변으로 날아든다

이 산으로 가도 뻐꾹 저 산으로 가도 뻐꾹

---

6) 떨어진 노을은 따옥새와 함께 나는 듯하다.

7) 봄 산에 벗이 없어 외롭게 지낸다.

8) 하늘 가득 가랑비 내릴 때 강남의 꿈을 꾼다.

9) 가을에 달을 보니 집 생각이 많아진다.

뻑버꾹 뻐꾹 좌우로 날아 울음 운다

저 무슨 새 우는고 야월공산 저문 날에 저 두견이 울음 운다

이 산으로 오며 귀촉도 저 산으로 가며 귀촉도

짝을 지어서 울음 운다 저 꾀꼬리 울음 운다

황금 갑옷 떨쳐입고 양류 청청 버드나무

제 이름을 제가 불러

이리로 가며 꾀꼬리루 저리로 가며 꾀꼬리루

머리 고이 빗고 시집 가고지고

게알 가가감실 날아든다 저 할미새 울음 운다

무곡통貿穀桶 한 섬에 칠푼 오 리 해도

오 리가 없어 못 팔아먹는 저 방정맞은 할미새

경술 대풍 시절에 쌀을 냥에 열두 말씩 해도

굶어죽게 생긴 저 할미새

이리 가며 팽당그르르 저리 가며 팽당그르르

가가감실 날아든다 저 머슴새 날아든다

초경 이경 삼사오경 사람의 간장 녹이려고

이리로 가며 붓붓 저리로 가며 붓붓

이리 한참 날아든다 저 비둘기 울음 운다

나의 춘흥 못 이기어 수비둘기 나무에 앉고

암비둘기 땅에 앉아 콩 한줌을 훑어 주니

수놈은 물어 암놈 주고 암놈은 물어 수놈을 주며

주홍 같은 입을 대고 궁글궁글 울음 운다

저 무슨 새 우는고 오색단청 딱자구리

연년 묵은 고목나무 벌레 하나 얻으려고

오르며 딱따그르 내리며 딱따그르
이리 한창 울음 울고
아랫녘 갈까마귀 윗녘의 떼까마귀
거지 중천 높이 떠서 까옥까옥 울음 운다
소상강 떼기러기 장성갈재 넘으려고
백운을 무릅쓰고 뚜루룩 너울너울 춤을 춘다
저 종달새 울음 운다 춘삼월 호시절에
한 길을 오르며 종지리 두 길을 오르며 종지리
아주 펄펄 노니는구나

노래 한 장 지어주소
꽃노래 지어주소

어려서도 할미꽃 젊어서도 할미꽃
할미꽃이 되어서 벌 나비도 아니 오노
아고 여보 말을 마소 내 이름이 그렇지요
부끄럽고 부끄러워 고개도 못 드는 몸
속속들이 붉은 나를 할미라니 섧고 섧소

진달래 1

백설도 아직 녹기 전에
뭐 하자고 피어났노

새봄 들어 골골마다
산새들이 하도 울어
세상을 보자고 피어났다

진달래 2

꽃아 꽃아 진달래꽃아
육지 평지 다 버리고
촉촉 바위에 너 피었냐

육지 평지 내사 싫고
촉촉 바위가 본색일세

진달래 3

진달래는 산에 피고
목련꽃은 골에 피네

진달래는 산에 피고
가시꽃은 들에 피네

진달래는 산에 피고
살구꽃은 집에 피네

진달래는 산에 피고
각시꽃은 방에 피네

참꽃 노래

온 산에 불났다
이골 저골 다 탄다

나무 짐에 꽂혀도
나무 짐에 불났다

기장꽃은 피었건만

기장꽃은 피었건만
부모꽃은 아니 피네

그 기장을 먹을라니
끼니마다 눈물 나네

뒷동산 살구꽃은

뒷동산의 살구꽃은
가지가지에 봄빛이라
앞냇가에 창포잎은
줄기줄기 물빛이라

백일홍 피었으니

백일홍이 피었으니 봄도 벌써 다 갔구나
나는 나비 우는 새는 때를 즐겨 놀건마는
그때도 한때려니 가는 해를 어이할꼬
백일을 붉어 있는 저 꽃이나 되었더면
님 오실 그날에도 단장 없이 고우련만

어려서도 할미꽃 젊어서도 할미꽃

이산 넘고 저산 넘어 우루구루 도미[1] 끝에
돌이 잔뜩 깔린 골에 배뿌쟁이[2] 속잎 날 때
꼬부장한 할미꽃이 요래 곱기 피어 있네

인간 천지 너른 세상 그 무엇이 못 되어서
어려서도 할미꽃 젊어서도 할미꽃
할미꽃이 되어서 벌 나비도 아니 오노

아고 여보 말을 마소 내 이름이 그렇지요
이팔청춘 열여섯에 구십춘광 봄을 맞아
부끄럽고 부끄러워 고개도 못 드는 몸
속속들이 붉은 나를 할미라니 섧고 섧소

꽃잎이 모난 것은 쪽도리를 쓴 듯하고
솜털이 많은 것은 산골 마을 요조숙녀
바람결에 흔들릴까 비가 온들 잦아들까

---

1) 맥문동.
2) 질경이.

굳고 굳은 이내 절개 뿌리 깊이 묻어 있소
할미꽃이 붉게 피니 온 산 천지 불이 난 듯

할미꽃

나자마자 등이 굽어
꼬부장한 할미꽃
오도 가도 못하고
양지쪽에 서 있네

호박꽃아 호박꽃아

신부 방의 촛불 같고
관청 어른 일산 같고
병정들의 나팔 같고
야밤중의 횃불 같다

호박꽃아 호박꽃아
단비 맞고 이슬 맞아
큰 호박이 열릴 때면
너도 지고 나도 간다

장다리꽃이 피었으니

백설 같은 흰나비는
부모님을 여의었는지
소복단장을 곱게 하고
장다리밭으로 날아든다

장다리꽃이 피었으니
나비야 날아오련마는
이내 나는 어느 천년에
님을 만나서 웃어나 볼꼬

장다리꽃 꺾어 들고

들 들 넓은 들
이 들 저 들 장다리
장다리꽃이 피어야
산중 처자 내려오네

산중 처자 왜 오나
봄비 살살 오는데
그것도 하나 모르나
총각 총각 찾아오지

장다리꽃을 꺾어서
두 손에 노나 쥐고
처녀 처녀 부르는
그 총각이 누구고

너도 너도 애닯다
어이 그리 모르노
으뜸가는 숫총각
나 아니고 누구고

은접시는 은꽃 피고

은접시는 은꽃 피고
사접시는 사꽃 피고
놋접시는 놋꽃 피고
행자판의 수접시는
금자꽃이 피어나네

동백꽃

아침에 피는 동백꽃은
오실 님의 얼굴이요
저녁에 피는 동백꽃은
가실 님의 얼굴이라오

동백꽃

이 세상 모든 꽃은 일년 일차 피건마는
너는 무슨 애정으로 춘추로 피어 있어
섬 땅의 젊은이를 손짓하여 부르느냐

동백꽃

동백꽃 피는데 물새가 아니 울랴
동백꽃 지는데 산새가 아니 울랴

찔레꽃 떼어다가

찔레꽃을 떼어다가
님의 보선 잔볼 기울까
님을 보고 보선 보니
님 줄 뜻이 전혀 없네
님아 님아 설워 마소
노래 끝이 그렇다오

들로 들로 가다가

들로 들로 가다가
찔레밭을 만나서
찔레꽃을 따다가
가시한테 찔려서
아야지야 손을 불며
찔레꽃을 흘겨보네

가시꽃 피거든

박아 박아 박돌아
연지 색시 뿌돌아
나무 돌로 집을 짓고
게딱지로 문을 내고
박아 새끼 나드다가
박아 새끼 끼어 죽었다
이 산에도 묻지 말고
저 산에도 묻지 말고
가시밭에 묻어라
가시꽃이 피거든
내 산 줄을 알아라
가시꽃이 죽거든
내 죽은 줄 알아라

가시꽃은 왜 피었노

가시꽃은 왜 피었노
벌 나비도 못 가는데

가시꽃은 왜 피었노
손이 아파 못 꺾는데

그 말 마소 길손 아재
꺾으라고 꽃이 피오

가시꽃도 꽃이라서
봄이라고 피었다오

명사십리 해당화야

명사십리 해당화야
꽃을 보고 내사 간다
꽃아 꽃아 슬퍼 마라
명년 삼월 다시 오마

우리 집 배꽃 보소

우리 집의 배꽃 보소
구슬 같고 이슬 같고
희고 맑고 고운 양이
우리 동생 얼굴 같소

난초 심지 마소

화분에 난초 심지 마소
벌도 나비도 아니 오고
혼자 밤을 새우는 양
외로워서 못 보겠소

난초

독숙공방 설운 밤에
찾아오는 사람 없고
문을 열고 나나 드나
난초밖에 벗이 없네

연꽃 노래

청강 녹수 흐르는 물에
연꽃 하나 떠 내려오네
그 꽃송이 건져다가
당사실로 수를 놓아
비단 줌치 기웠구나

저 줌치는 누 기웠노
너희 누이 기웠다네
어데 갔노 어데 갔노
너희 누이 어데 갔노

은도 천냥 금도 천냥
두 천냥을 주었을걸
너희 누이 어데 가고
연꽃만 남았구나

매화 노래

삼승 버선에 볼 받아 신고
님의 방으로 찾아가네
님의 방으로 가는 길에
매화꽃이 만발이로구나

목화를 따다가

목화를 따다가 돌아보니
길 가던 총각이 손짓을 하네
목화송이 네 탓이냐
길찬 처녀 내 탓이냐
목화밭이 길옆에 있으니
목화밭이 제 탓이라네

이 목화를 이리 따서

길고 길고 장찬밭에
이 목화를 이리 따서
누구 옷에 솜을 두어
명주 바지 지어 줄꼬

봉선화

화려한 함박꽃은 궁 안에나 피어 있고
요염한 살구꽃은 술집에나 피어 있고
절개 높은 국화꽃은 처사가 반겨하고
밤에 피는 박꽃은 할머니가 좋아하고
울타리 밑에 봉선화 네 꽃 하나 내 벗이라
봄에는 볕을 주고 여름에는 물을 주고
아침저녁 길러 줄게 내 설움을 네 알아라

봉선화 노래

봉선화라 하는 것은 화춘삼월 성화시에
내방 후면 넓은 뜰에 옥토같이 곱게 일궈
함빡 가득 심었더니 일야간에 싹이 들어
아침이라 찬이슬에 차차로 피어나니
겉잎은 젖혀 놓고 속잎은 떼어 내어
백옥반 새겨 놓고 조활사 펼쳐 놓고 촉하에 희롱할새
허소히 매질 말고 단단히 매었어라
하룻밤을 자고 나니 내 손끝에 꽃 피었네
한 물 들여 두 물 들여 검은빛이 솟아나니
네 이름 고쳐 짓자 처녀화로 하자꾸나

봉선화가

봉선화 휘어잡고 섬섬옥수로

산호필 덤뻑 찍어 글 한 구 지어 보세

옥창玉窓의 앵도화는 장부의 근심이요

금정金井의 오동잎은 아녀의 회포로다

장대章臺[1]에 절양류折楊柳와 녹수에 채련화는

오희吳姬 월녀越女의 방탕한 노래로다

백옥경[2] 선녀로서 인간에 적강하여

용왕의 주신 꽃을 옥계에 심었어라

토옥코 깊은 골에 수풀은 헤쳐 보니

층층이 무은 흙이 춘색이 거의로다

조량雕梁에 연어燕語하고[3] 청산에 연비鳶飛할 제

줄줄이 심어 놓고 물골 주어 배양하니

향기가 눈에 익어 아침 볕 밤이슬에

차차로 피었는데 성성혈猩猩血[4] 묻혀낸 듯

---

1) 진시황이 세웠다는 중국 장안에 있는 누각.

2) 하늘나라의 서울.

3) 들보 끝에서 제비가 울고.

4) 붉은 피.

청홍합 앞에 놓고 낱낱이 떼어 내니

꽃답고 어여쁘다 화중에 보배로다

백반을 마아 내어⁵⁾ 덩이덩이 섞어 놓고

설화지 조각 종이 주황사를 풀쳐 내어

섬섬옥수로 촉하燭下에 희롱하니

허수히 매지 말고 단단히 매었어라

하룻밤 잠을 자고 계명鷄鳴에 일어 보니

옥수玉手마다 꽃이로다

손가락의 옥지환은 한빛이 돋혔는 듯

은침을 잠깐 빼어 나의羅衣를 재봉하니

손끝에 빛나는 꽃이 한 번 들어 두 번 들어

성성강猩猩絳 핏빛같다

모란화 진홍색이 네 맵시 가소롭다

무정세월 약류파若流波⁶⁾라 여름 한철 잠깐 지나

추풍이 건듯 불어 화색이 향쇠向衰한다

나무를 어루만져 상에 씨를 받아 향합에 넣어 두고

해마다 봄이 있어 봄마다 너를 심어

내 손에 꽃을 이어 북당北堂⁷⁾에 자랑하자

이름을 고쳐 지어 규중화라 하노라

---

5) 짓찧어 부스러뜨려.

6) 무정한 세월이 물같이 흐른다.

7) 집안에서 주인 부부가 머무는 곳을 이르는 말이나, 주로 부모를 뜻하는 말로 쓰인다.

꽃노래 1

대라졌다 석류꽃은 함박댁이 꽃일랑강
허리 질다 담배꽃은 골안댁이 꽃일랑강
간간랑다지 감꽃은 덕산댁이 꽃일랑강
두름 위에 양대꽃은 구라댁이 꽃일랑강
사랑 앞에 당국화는 나실댁이 꽃일랑강
검고 붉은 목단화는 백국댁이 꽃일랑강
포리쪽쪽 도래꽃은 서울댁이 꽃일랑강
명발에라 주래꽃은 대연댁이 꽃일랑강
줄기 좋다 연꽃은 아이댁이 꽃일랑강
아침날에 줄남생이꽃은 유촌댁이 꽃일랑강
맵고 짜고 고치꽃은 이촌댁이 꽃일랑강
알금알금 참깨꽃은 냉정댁이 꽃일랑강

꽃노래 2

이때 저때 어느 때뇨 춘삼월 호시절에
우리 아범 생신 때에 술이 좋아 금청주요
이 술 한잔 잡수시고 저 상 곁에 앉아지고
노래 한 장 지어주소 무슨 노래 지어주꼬
꽃노래를 지어주소 미나리 다시 흰 꽃 피고
묵고 남은 참외꽃은 예산에라 희롱하고
도리도리 접시꽃은 장독간에 희롱하고
주묵 같은 목단꽃은 사랑 앞에 희롱하고
들기 좋은 조롱꽃은 듬풀 마중 희롱하고
빤득빤득 일산 때는 곡살지도 더디도다

꽃노래 3

이때 저때 어느 때뇨 우리 부모 생신 때라
우리 부모 생진 끝에 꽃노래나 짓고 가지
쫓아가는 장미화는 가지가지 금빛이라
청송 기생 살구꽃은 떼를 지어 휘돌았네
무릉도원 복숭아는 그물 안에 걸리시네
섬 위에 목단화는 꽃 중에도 인군일세
돌아 못 간 두견화는 동국 산천 생각난다
붉고 붉은 봉선화는 소소구성 춤을 추고
알송달송 금은화는 당상관의 관자 되고
보기 좋은 작약화는 미인마다 희롱하고
당실당실 연적화는 단순호치[1] 단장하고
부석사 중 선비화는 의상대사 지팽이고
호박꽃과 박꽃은 사촌 형제 휘돌았네
쓰고 나든 피리꽃은 산중에라 총총했고
열없는 할미꽃은 남보다도 먼저 피고
사시장춘 무궁화는 우리 나라 꽃이란다

---

1) 붉은 입술과 흰 이 곧, 고운 모습.

꽃노래 4

청루 기생 살구꽃은 술잔 찾는 기생이요
해듯 해듯 박꽃은 지붕 위로 휘돌으네
검고 붉은 목단꽃은 사랑 앞에 휘돌으네
담장 안에 접봉숭아 오불오불 접봉숭아
비 오다가 개는 날에 마당 구색 휘돌으네
해금추지 해바라기 꽃 중에도 충성이요
포리쪽쪽 돌개꽃[1]은 산기슭으로 휘돌으네
먹고 나는 가지꽃은 채전으로 휘돌으네
오래볼살 모매꽃은 논둑 밭둑 휘돌으네
앨눅빠뚝 맨드라미 달구볏을 지나이요
도리납작 패리꽃[2]은 색수갱빈 휘돌으네
열없도다 활무네라 남 먼저도 피고 나네
먹고 나는 참꽃은 봄 한철만 피고 나네
시절 맞춰 이밥꽃은 깨끗게도 피고 나네
곱고 곱다 초래꽃은 담을 보고 방불하네
고르잖다 명꽃은 낟알밭에 휘돌으네

---

1) 도라지꽃
2) 패랭이꽃.

먹고 맵은 꼬치꽃은 때만 바래 기다리네
동안 뜰에 성노나무³⁾ 성노 열어 휘어지고
희다 희다 찔레꽃을 산기슭으로 휘돌으네
금종진가 옥종진가 심지 없는 불을 써서
일만 궁에 달아 놓고 천만 궁에 다 밝히네

---

3) 석류나무.

꽃아 꽃아 고운 꽃아

꽃아 꽃아 고운 꽃아
높은 산에 피지 마라
허리 안개 자주 돌아
반만 피다 올가진다[1]

---

1) 움츠린다.

애기 같은 꽃송이는

국시산에 철이 들면 각색 꽃이 다 피는데
애기 같은 꽃송이는 크느라고 한창이요
누나 같은 꽃송이는 피느라고 한창이요
엄마 같은 꽃송이는 웃느라고 한창이요
할매 같은 꽃송이는 지느라고 한창일세

천안 삼거리 수양버들은

천안 삼거리 수양버들은 봄비를 맞아 늘어졌는데
꾀꼴새는 오락가락 가지마다 희롱을 하네
허얼씨구 저얼씨구 이내 청춘이 가련하다
버들가지 한 가지를 님을 주자 꺾었건만
금방 옆에 서 있던 님이 인홀불견因忽不見 없어졌구나
허얼씨구 저얼씨구 가신 님 탓하여 무엇 하랴

고향 앞 버드낢에

고향 앞 버드낢에 새 봄철은 왔건마는
버들피리 꺾어 불던 그 시절은 어데 갔나

예 걷던 언덕길에 말없이 서 있으니
석양에 산새들만 우짖으며 돌아오네

버들가지 꺾어 들고

호접접 범나비 쌍쌍 양류 청산에 꾀꼬리 쌍쌍
실실이 푸른 가지 이리저리 누비면서
온갖 새가 울음 우니 시절이 좋아 모춘일세

버들가지 꺾어 들고 노류장화로 노닐다가
해 저물어 돌아갈 제 길가에다 버려두면
그 가지 밤새도록 우는 줄을 네 모르느냐

언덕 끝에 저 밤나무

언덕 끝에 저 밤나무
한 가지에 둘씩 셋씩
아주머니 저 밤나무
나를 보고 웃는구나
저 밤 한 개 따고 싶다
가지 높아 못 따겠네
오르랴니 위태하고
팔매 쏘니 헛나가네
바람 한번 불었으면
후닥후닥 떨어질걸

유자 석류 근월이 좋아

유자 석류 근월[1]이 좋아
한 꼭지에 둘 열렸네
동남풍이 들이불어
떨어질까 걱정일세

---

1) 정情.

이 대 청청 잘라다가

동글동글 동글네야
아랫녘 대밭에 어서 가자
총각 하나 낫을 들고
잔 대 굵은 대 비는구나
총각 그 대 뭐 할라노
붓댓감을 하자느냐
총각 그 대 뭐 할라노
낚싯대를 하자느냐
총각 그 대 뭐 할라노
지팽이를 하자느냐
총각 그 대 뭐 할라노
담뱃대를 하자느냐

그도 저도 다 아니요
이 대 청청 잘라다가
화살 천 개 만들어서
나랏일에 바칠라오

참배 돌배 떨어졌다

바람아 바람아 불어라
참배 돌배 떨어졌다
큰 아가 작은 아가 주워라
영감 노친네 먹어 보자

애동고추 따다 가서

꽃보고리¹⁾ 옆에 끼고
고추 밭에 들어가서
늙은 고추 젖혀 놓고
젊은 고추 젖혀 놓고
애동 고추 따다 가서
앞 냇물에 세 번 씻고
뒤 냇물에 세 번 씻어
장두 같은 장도칼로
삼세번을 도리어서
오골 자골 지지어서
열두 상을 벌여 놓네

---

1) 보고리는 바구니의 충청도 말.

박 노래

박토에 심은 넌출 무성히 올라가서
다 썩은 지붕 위에 청운靑雲이 서려 있네
석로夕露에 꽃이 피고 조로朝露에 열매 맺혀
태양에 살이 찌고 천수에 세수하니
체격도 장도하고 풍신도 동탕하다
백설이 뭉쳤는 듯 옥산이 솟았는 듯
무심히 가는 사람 뉘 아니 괄목刮目하리[1]
조요히[2] 방년을 어이나 허송하리
일조에 줄을 끊어 하계에 내려올 제
쌍수로 받들어서 옹위해 맞아들여
점점이 오려내어 공중에 줄을 매고
청천 하일에 백룡의 굽이로다
병 없이 되어나면 흔연 수연 승찬상[3]과
소대상[4] 갖은 제에 은저 놋저에
이 나물 아니면은 무엇으로 충당하리

---

1) 놀라며 눈을 비비고 다시 본다.
2) 쓸쓸히.
3) 진갑, 환갑 때 잘 차린 음식상.
4) 소상과 대상. 사람이 죽은 지 일 년 만에 지내는 제사와 죽은 지 이 년 만에 지내는 제사.

홀연 음풍에 취우5) 위급하면
백장장 서린 몸이 용신하리
더운 손 찬 음지에 곳곳이 다니나
척추 빈골이 다 썩어지는구나
갈 곳이 어드메냐 갈 곳이 두엄일세
병상 고봉에 낙락장송 되었던들
설상가상에도 불변청춘 되리로다

---

5) 소나기.

나무 타령 1

산에 올라 산나무
들에 내려 배나무
봉화국에 홰나무
불에 붙여 향나무
불 밝혀라 등나무
용춤 추어 용나무
십 리 절반 오리나무
열의 갑절 스무나무
한 치래도 백자나무
조선에 난 호도나무
남쪽에 난 동백나무
푸르러도 단풍나무
단풍져도 푸른나무
소년 시절 영감나무
평생 소녀 대추나무
사시사철 사철나무
대낮에도 밤나무
사월 팔일 느티나무
먹기 어린 떡갈나무

휘늘어져 버드나무
백양 청양 황양나무
중기중기 느릅나무
갈기갈기 가락나무
칼로 베어 피나무
목에 걸려 가시나무
속 비고 대나무
악스런 아구나무
네 편 내 편 양편나무
씨름하여 저나무
홍두깨 박달나무
죽어도 살구나무
액마구리 복사나무
동풍에 모기나무
덜덜 떠는 사시나무
말라빠진 살대나무
오자마자 가래나무
할 수 없이 가야나무
빠르기 화살나무
머리 한번 수기나무
하느님께 비자나무
절에 가서 기구나무
송낙 쓰고 상수리나무
월궁에 계수나무

왜지게 벗나무
굿놀이 사당나무
새로 지은 옻나무
깔고 앉아 구기자나무
비단 같은 전나무
버선 끝에 상모나무
오목다리 오목나무
마주 섰다 은행나무
덥적 앉아 줄나무
입 맞췄다 쪽나무
입술 같은 영조나무
시집갈 때 가마해나무
방귀 뀌어 뽕나무
부끄러워 무환나무
우물가에 물푸레나무
품음 직한 자나무
자손 창성 석류나무
피리 젓대 파나무
달고 달아 꿀나무
거짓 없이 참나무
그렇다고 치자나무

나무 타령

금수강산 돌아드니
낮에 보는 밤나무는
밤에 봐도 밤나무요
십리 절반 오리나무
열아홉에 스무나무
스물아홉 설죽나무
서른아홉 사시나무
만아홉에 쉰무나무
쉰아홉에 육성목
예순아홉 칠뚝목에
일흔아홉 판자지요
여든아홉 구신나무
아흔아홉에 백잡목이다

물에 둥둥 뚝나무요
다리 절뚝 전나무
하늘 중천 달국나무
달 가운데 계수나무
향놈 불러 향나무
양반 죽어 괴목나무
방귀 뀐다 뽕나무
천리 타향 고향나무

기쁜 소식 까치나무
님의 손목 쥐우나무
입 맞춘다 쪽나무
일편단심 녹아지
영구일생 사랑나무라

나무 타령 2

오동나무 베자 하니 거문고의 재목이요
살구나무 베자 하니 성인이 놀던 나무[1]
소나무 좋다마는 옛 임금의 스승이오[2]
잣나무 좋다마는 왕의 집을 덮은 그늘
어주축수애산춘漁舟逐水愛山春[3] 홍도나무 사랑읍고
위성조우읍경진渭城朝雨浥輕塵[4] 버드나무 좋을시고
밤나무 신주가음 저나무 돛대 재목
가사목 단단하나 각영문 곤장 가음
참나무 꼿꼿하나 배 짓는 데 못 가음
쭝나무 오시목과 산유자 용목 검패목
물방 긴한 문목 화목 되기 아깝도다

---

1) 공자가 살구나무 아래서 제자들을 가르쳤다 한다.
2) 진시황이 길을 가다 소나무 아래서 비를 피하고, 그것이 고마워 그 나무에 벼슬을 내렸다. 나무
   〔木〕에 벼슬〔公〕을 내렸다 하여 소나무 송松이란 이름을 얻었다고 한다.
3) 고깃배가 물을 따라 산춘을 즐긴다.
4) 위성에 비 내려 먼지가 걷힌다.

달아 달아
밝은 달아

달아 달아 밝은 달아
동산 위에 돋는 달아

노랑 노랑 삼베 수건 명주실로 선을 둘러

공단 대단 고를 맺어 그 수건이 떨어지면

달빛 같은 이내 얼굴 반백발이 되겠구나

일월나무

대천 바다 한가운데
뿌리 없는 남기 나서
그 나뭇가지는 열둘이오
잎은 피어 삼백예순
그 낢에 열매 열어
일월인가 명월인가
꽃이야 곱다마는
가지가 높아 못 꺾겠네

달이 돋네

달이 돋네 달이 돋네
베갯모에 달이 돋네
별이 한 쌍 날아와서
돋은 달과 희롱하네

은별인가 옥별인가

은별인가 옥별인가
온 하늘이 꽃밭일세
그 총중에 반달 하나
허르능청 거닐으네

달아 유정도 하다만

창밖에 오는 비 산란도 하더니
그 비가 끝나니 새 달이 돋았네

달아 네 그리 유정도 하다만
너 본 듯 보실 님 어데에 있더냐

달이 뜨면은

달이 뜨면은 오마고 하신 님
달이 지도록 기다려 보잔다

달 노모야 달 노모야

달 노모야[1] 달 노모야
천지옥지 달 노모야
심지 없는 불을 키어
천상국에 달아 놓니
백만국이 다 밝도다
불도 밝다 불도 밝다
저 불끝에 누가 있노
천태산 만구름아
너 안 끄면 누가 끄노

심지 없는 불을 켜서

종지 종지 놋종지야
심지 없는 불을 켜서
천왕국에 달아 놓니

---

1) 달을 늙은 여인에 비겨서 부른 말.

일만국이 밝아 오네
청운 태산 만구름아
너 안 끄면 누가 끄리

심지 없는 불을 키어

성 선생 옥등경[1]에
심지 없는 불을 키어
만국이라 다 비추네
춘풍추우春風秋雨 들이분들
저 불 끌 이 뉘 있으리

---

1) 옥등잔.

초승님에 반달님아

금산 밑에 금두껍아
은산 밑에 은두껍아
무슨 정에 잠이 오노

초승님에 반달님아
오는 잠을 어찌하나

이 몸은 달이오니

이 몸은 달이오니
님은 강물 되옵소서
푸른 강물 속에
달 하나 비쳐 들어
물결이 일 때마다
달도 부서지오리

달나라에 사는 새가

달나라에 사는 새가
별을 타고 날아와서
계수나무 가지 밑에
토끼 한 쌍 놀더라네

달나라에 사는 새가
재밤중에 날아와서
어스름에 밝은 달이
바다 밑에 드갔다네

그 새 한번 품어 안고
만단설화 하자 하니
홰를 치며 닭이 울어
꾸던 꿈을 다 깨었네

달이 밝아 어이 가나

달도 달도 밝다
명천도 밝다
쪽고실로 조고리
은행나무 길쌈에
상단은 겉옷고름
부전은 안옷고름
행길가에 가는 가마
달이 밝아 어이 가나
비단 비단 푸른 비단
달빛 밟고 가지 마라

달아 달아 밝은 달아

달아 달아 밝은 달아
동산 위에 돋는 달아
노랑 노랑 삼베 수건
명주실로 선을 둘러
공단 대단 고를 맺어
그 수건이 떨어지면
달빛 같은 이내 얼굴
반백발이 되겠구나

초승달 노래

달아 달아 초생달아 어디 갔다 인제 왔노
새각시의 눈썹 같고 늙은이의 허리 같고
달아 달아 초생달아 어서 어서 자라나서
거울 같은 네 얼굴로
우리 동무한테 가서 나와 같이 비춰 주고
울 아버지 자는 창에 나와 같이 비춰 주고
울 어머니 자는 창에 나와 같이 비춰 주고
울 오랍씨 자는 방에 날과 같이 비춰 주고
우리 형님 자는 방에 날과 같이 비춰 주고
우리 동생 있는 방에 내 간 듯이 비춰 주고
거울 같은 네 얼굴로 온 세상을 비추어라

맑은 물에 저 별들아

청강 녹수 맑은 물에
내리비친 저 별들아
강물은 흘러가도
한자리에 머물러서
동산 위에 구름 걷고
달 오기를 기다리나

별은 가도

별이 총총 밝은 밤에
별 이야기 하여 보자
만수 중간 연못에는
달은 가도 별 못 가네
우리 님의 품속에는
별은 가도 달 못 가네

오리나무 정자에다
재피방을 무어 놓고
분벽사창 밝은 방에
휘장 하나 늘여 놓고
원앙금침 꽃베개에
은하별만 오라시네

별이 동동 떠오네

나무 나무 가지에도
별이 동동 떠오네
구름 구름 사이에도
별이 동동 떠오네

앞강에도 뒷강에도
별이 동동 떠오네
앞산에도 뒷산에도
별이 동동 떠오네

우리 같은 하인네의
저녁 지은 구정물에
별이 동동 떠와서
방실방실 웃다 가네

별 하나 따서

별은 별이라 달은 달이라
달도 별도 없으면
저 하늘에 뉘가 사노

별 하나 따서 나무 위에 달고
그 가지에 대롱대롱
그네 매고 뛰자

울고 있는 작은 별은

구름 속에 낯 가리고
울고 있는 저 별 보소
우리 엄마 저승 가서
저 별이 되었지요

은하수 깊은 물에
낚시 들고 오고 가는
구부정한 낚시 별은
할아버니 별이라오

안개 속에 파묻혀서
새록새록 자고 있는
곱고 고운 애기별은
우리 동생 별이라오

가지 끝에 매달려서
오도 가도 못하고
울고 있는 작은 별은
이내 나의 별이라오

가랑비 올 줄 알면

가랑비 세우細雨가 올 줄을 알면
님의 도포를 줄에다 널까

구름 걷고 햇살이 퍼져
이슬이 걷고 님 올 줄 알았지

비 오는 날 님도 오면

비 오는 날 님도 오면
찰떡 치고 메떡도 치지

비만 오고 님 아니 오니
온 마음이 젖어만 드네

밤에 밤에 오는 비는

오네 오네 비가 오네
우룩주룩 비가 오네
아침 비는 햇님 눈물
저녁 비는 달님 눈물

오네 오네 비가 오네
우룩주룩 비가 오네
밤에 밤에 오는 비는
청룡 황룡 눈물인가

주룩주룩 오는 비는

주룩주룩 오는 비는
하느님의 눈물인가

부슬부슬 오는 비는
산신령의 눈물인가

뚜덕뚜덕 오는 비는
가신 아빠 눈물인가

살랑살랑 오는 비는
가신 누이 눈물인가

야밤삼경 오는 비는
이내 님의 눈물인가

이슬 젖어 우거진 길을

식전 아침 가는 색시는
이슬이 젖어서 어이 가노

야밤중에 가는 색시는
이슬이 많아서 어이 가노

이슬 젖어 우거진 길을
꽃가지로 털면서 가나

바람아 솔솔 불어라

바람아 솔솔 불어라
옷깃을 살금 여미자

바람아 설렁 불어라
치마폭 펄렁 날리게

바람아 휙휙 불어라
벙거지 덜렁 날리게

바람이 불어

바람이 불어 고목이 넘어졌네
고목이 넘어져 산이 울었네
산이 울어 하늘에서
뚜덕뚜덕 눈물이 듣네

저게 가는 저 구름은

저게 가는 저 구름은
어데 신선 타고 가노

웅천하고 천자봉에
놀던 신선 타고 간다

구름은 서 있는데

구름은 서 있는데
바람이 끌고 가네
그 어데로 끌고 가노
비 올 골로 끌고 가네

금수강산 일천 리
눈 아래 경개로다

만경대 구름 속에 학선이 울어 있고
칠보산 검은 구름 허공에 둥실 높이 떠
산은 층층 높고 물은 출렁 깊었는데
이 골물이 쭈루룩 저 골물이 꼴꼴
열에 열 골물이 한데 천방져 지방져

물은 흘러 강이 되고

물은 흘러 강이 되고
돌은 모여 산이 되네

산이 중중 모여 서서
병풍산이 되었으니
그 사이에 놓인 마을
산지촌이 분명하다

산지촌에 사는 사람
산일한다 말을 마소
태곳적의 후한 풍속
이 사이에 남아 있소

산이로세

산이로세 산이로세
만첩청산 산이로세
낙락장송 우거지고
언덕마다 꽃이로세

천수 장생 왕대밭에
초가삼간 집을 짓고
그 속에서 사는 사람
신선이 부러우랴

구포벌에 가을 해가 늦었구나

일망무제 구포벌에 가을 해가 늦었구나
낙엽을 등에 지고 내려오는 늙은이는
낙엽이 무거운가 석양이 무거운가

금파金波 천리 익은 곡식 넘실넘실 춤을 추고
그 위에 비쳐드는 일광도 황금인데
이 들판의 주인들은 어디 가서 안 보이나

양산도 가락에다 지게목발 장단으로
멋지고 신명나게 노래하던 총각들은
동래 부산 배를 타고 그 어디로 다 떠났나

머리 좋고 실한 처자 동백기름 향기롭고
오월 단오 추천 때는 치마꼬리 춤을 추어
온 강산을 녹이더니 그 처자도 간곳없네

낙동강이 칠백 리를 굽이굽이 흘러내려
바다와 엇물려서 이 들판이 생겼도다
영남의 곡창이요 백성들의 젖줄일세

구포벌아 구포벌아 말이 없는 구포벌아
서러운 나그네가 너를 보며 우는 뜻을
너는 무심 모르련만 강바람은 스산하다

구포벌에 해 진다

구포벌에 해 진다
나그네 한 쌍 돌아온다
송아지도 돌아온다
갈까마귀도 돌아온다

구포벌에 해 진다
집집마다 연기가 인다
먼 산이 숙인다
구름이 둥실 떴다

구포벌에 해 진다
나룻배가 떠 있다
언덕 위에 오는 처녀
댕기꼬리가 날린다

죽령고개 높다 마소

죽령이라 오르내리 삼십 리요 사십 리라
머루 다래 우거지고 드렁칡은 서리서리
이마 위에 가을 해가 화등같이 걸려 있네

이 고개 오르다가 각시우물 목 축이고
용바위에 앉아 쉬고 선인굴에 이르러서
태곳적 옛 전설을 귀 기울여 들어 보소

과거 보러 가던 길손 몇몇이나 넘었으며
귀양살이 오던 길손 몇몇이나 넘었는고
외아들을 보내 두고 부모 간장 어떻던고

동해에서 부는 바람 옷깃을 흔들건만
영남의 사람 살기 숨이 막혀 못 보겠네
영남만 그러한가 강원도는 더하옵네

죽령을 넘나들며 행상하는 도부장수
세상 물정 보았으니 낙원이 어디더냐
여보오 그 말 말고 내 행색을 자세 보소

가는 길은 천 갈래나 사는 길은 한길이라
어디나 눈물고에 한숨 바람 부옵데다
죽령이 높다 마소 설움 고개 더 높다오

미자골은

미자골은 옛날 옛적 군대들이
도적놈을 내몰자고 군기를 벼린 곳
에헤헤 에헤헤 드렁칡만 우거졌네
에헤헤 에헤헤 새떼들만 우짖네

미자골은 우리 나라 용사들이
칼싸움을 익히자고 갑옷을 입던 곳
에헤헤 에헤야 저녁 해가 비쳐드네
에헤헤 에헤야 찬 이슬이 내리네

바위 타령

상상봉 감투바위
감투 쓰고 앉은바위
앉지 않고 선바위
서자마자 뛰넘바위
뛰고 나서 놀란바위
놀라니 벼락바위
벼락 맞아 악살바위
악살이 나 결단바위
결단이 나 부처바위
붙지 않아 무석바위
무석하니 둥근바위
둥글하니 북바위
북이면 치는바위
치고 나서 병풍바위
병풍 걸어 치마바위
치마 밑에 배꼽바위
배꼽 없는 거북바위
거북 같은 암소바위
암소 타고 신선바위

신선 가고 장사바위
장사 나온 용마바위

산 타령 1

나니나 산아지로구나
어뒤여나에 나나지루에 산이로구나
삼산반락청천외三山半落靑天外요
이수중분능라도二水中分白鷺洲라[1]
오수산 십일봉은 은자봉이 둘러 있고
도령청내 거자봉은 옥계수가 둘러 있다
수락산 폭포수요 동구재 만리재라
약잠재 누에머리 용산 삼개가 둘러 있다
동소문을 내달아 무너미 얼른 지나
다락원서 돌쳐 보니 도봉 만월에 천축사라
동 불암 서 진관 남 삼막 북 승가요
도봉 망월이 분명하다
우연히 잠두에 올라 한양 성내 굽어보니
인왕 삼각은 용반호거세龍盤虎踞勢[2]로 북극을 고여 있고
한강 종남은 여천지무궁與天之無窮[3]이라

---

1) '삼산의 봉우리 산 밖으로 반쯤 솟았고, 두 강물은 나뉘어 백로주로 흐른다.' 이백의 시 '등금릉
   봉황대'의 한 구절이다.
2) 산들의 모습이 용이 서려 있고 범이 걸터앉아 있는 듯한 기세.
3) 하늘땅과 함께 무궁하다.

산 타령 2

동 개골, 서 구월, 남 지리, 북 향산[1]
육로 천 리 수로 천 리 이천 리를 들어가니
탐라국이 생기자고 한라산이 둘러 있다
정읍 내장, 장성 입암, 고창 고부 두승[2]
서해 수구 막으려고 부안 변산이 둘러 있다

---

1) 동쪽은 개골산, 곧 금강산이요 서쪽은 구월산, 남쪽은 지리산, 북쪽은 묘향산.
2) 정읍의 내장산, 장성의 입암산, 고창 고부의 두승산.

오봉산 타령

(후렴) 에헤요 에헤요 영산 홍록의 봄바람

오봉산 꼭대기 에루화 돌배나무는
가지가지 꺾어도 에루화 모양만 나누나 (후렴)

오봉산 제일봉에 백학이 춤을 추고
단풍 진 숲속에는 새 울음도 처량타 (후렴)

그으한 준봉에 한떨기 핀 꽃은
바람에 휘날려 에루화 간들거린다 (후렴)

오봉산 꼭대기 색구름이 뭉게뭉게
만학의 연무煙霧는 에루화 아롱아롱 (후렴)

오봉산 꼭대기 홀로 섰는 노송나무는
광풍을 못 이겨 에루화 반춤만 춘다 (후렴)

바람아 불어라 에루화 구름아 일어라
부평초 이내 몸 끝없이 한없이 가잔다 (후렴)

정방산 타령

정방두 산성에 실안개 돌구요
군골두 촌애기 산나물 캐누나
에헤에헤이 에헤야
얼씨구절씨구 지화자 좋네

경암산 꼭대기 아침 해 솟더니
봉산두 처녀들 김매러 가누나
에헤에헤이 에헤야
얼씨구절씨구 지화자 좋네

금강산 어드메냐

금강산이 어드메냐 금강산을 찾아가자
높고 낮은 봉우리엔 흰 구름이 서려 있고
구슬같이 맑은 물이 석벽을 감도누나

초가을 붉은 단풍 거울 속의 그림인 듯
지나는 바람결에 풍악 소리 청아하다
어느 골에 선녀들이 머리를 빗고 있나

동해 바다 푸른 물에 갈매기는 날아들고
제일봉 높은 허리 햇살이 잠겼으니
천만년 잠긴 꿈이 비단같이 고울시고

등산하는 소년들아 비로봉에 발 멈추고
만이천봉 굽어보며 무엇을 생각느냐
이 땅에서 자라나는 그 행복이 한이 없다

만고강산 유람할 때

만고강산 유람할 때 삼신산이 어드메냐
일 봉래 이 방장과 삼 영주 이 아니냐[1]
죽장 짚고 풍월 실어 봉래산을 찾아갈 제
청간정 낙산사와 총석정을 구경허고
경포 동정호 명월을 구경허고
단발령을 얼풋 넘어 봉래산을 올라서니
천봉만학 부용[2]들은 하늘에 닿았는 듯
백절폭포 급한 물은 은하수를 기울인 듯
잠든 구름 개흐리고 맑은 안개 잠겼으니
선경仙景일시 분명쿠나

이때 마침 모춘이라 나는 나비 우는 새와
붉은 꽃 푸른 잎은 춘광 춘색을 자랑한다
온갖 화초 그림 속에
옥류동을 얼핏 지나 구룡폭포 돌아들 제

■ 판소리 단가로 많이 부른다.
1) 봉래는 금강산, 방장은 지리산, 영주는 한라산.
2) 아름다운 산봉우리.

보이나니 곳곳마다 절승경을 이루었고
들리나니 각색 소리 나를 맞아 노래한다
어린 듯 취한 듯이 이 몸은 절승에 떠
하늘로 오르는 듯 절승경을 노래하니
산도 울려 맞아 주고 나를 즐겨 화답하니
과연일시[3] 이 산명을 금강산이라 하리로다

---

3) 정말이로다.

금세상 좋단 말을 듣고

금세상 좋단 말을 풍편에 잠깐 듣고
천원지방天圓地方[1] 살펴보니 전세넘 간데없다
인생 백년 얼마관데 아니 놀고 무엇 하리
그러면 어데로 가잔 말고
팔도 명산 금강산이라 그리로 놀러 가자
늙은이 앞세우고 젊은이 뒤세우고
옷 벗어 짊어지고 갓 벗어 둘러메고
탄탄대로로 우중중 들어가니
소로 굽은 길로 중 하나 내려온다
저 중놈 거동 보아라
얼굴은 얽고도 검고도 두리두리 뭉친 저 중놈
층암절벽에 구을려도 아니 깨질 저 중 녀석
한손에는 죽피[2] 들고 한손에는 목단 들고
금영 가사[3] 후리쳐 입고
귀 으지러진 송낙[4] 양모에 끈을 달아

---

1) 하늘땅. 하늘은 둥글고 땅은 네모남을 이르는 말.
2) 대지팽이.
3) 금빛 끈을 단 중의 옷.

엄지손가락에 힘을 주어 두 귀를 흠뻑 눌러쓰고
백팔 염주 목에 걸고 아미타불 염불한다

중아, 네 소승 절합네다
저 중놈 거동 봐라
짚었던 육환장을 폭포수 나려 짚고
썼던 굴갓⁵⁾을 흠뻑 씌우면서
소승 성은 이러하오
오냐 중아 내 알았다
갓머리 밑에 나무목 하니
송나라 송宋 자가 아니냐
네 성이 송가로다
네 일홈은 무엇이냐
저 중놈 거동 봐라
짚었던 육환장을 얼풋 들어
서쪽을 가리키고 땅을 꽉 짚으면서
소승 일홈은 이러하오
오냐 중아 내 알았다
서녁서 밑에 나무목 하니
밤 률栗 자가 아니냐
네 일홈은 률이로다

---

4) 여승들이 주로 쓰던 모자로, 소나무 겨우살이로 엮어서 만든다.
5) 대로 위를 둥글게 만든 갓으로 주로 벼슬을 가진 중이 썼다.

네 절 일홈은 무엇이냐
소승 절 일홈은 이십일전팔[6]이오
입월복이삼 토촌이로소이다[7]
오냐 중아 내 알았다
이십일전팔은 누르황 자요
입월복이삼은 용룡 자요
토촌은 절사 자다
네 절 일홈이 황룡사가 아니냐
네 절 경치 어떠하냐
저 중놈 대답하되, 소승 절 구경 좋소이다
높은 데는 법당 짓고 낮은 데는 종각 짓고
좌우에 익곽 지어 사모에 풍경 달아
순풍이 건들 불면 풍경 소리 요란하오
오냐 중아
네 절 경치 좋단 말을 풍편에 잠깐 들었구나
네 절 구경 하여 보자

저 중놈 앞세우고 나는 뒤따라
행색을 숨겨 가만가만 들어가니
꽃 속에 잠든 나비 자취마장 춤을 추고

---

6) 이십일전팔은 스물 입卄, 하나 일一, 밭 전田, 여덟 팔八을 합친 누르 황黃 자를 말한다.
7) 입월복이삼은 설 립立, 달 월月, 점 복卜, 이미 이己, 석 삼三 자를 합친 용 룡龍 자이고, 토촌土寸
두 자를 합치면 절 사寺 자이다.

암상에 앉은 학은 일 없이 한가하여
백운산 상상봉에 때때로 날아드니
음릉이 어느 곳고 도원 풍경 이 아니냐
화발춘성 만화방창[8] 뫼마다 봄빛 든다
앞내의 버들가지 초록장을 둘러 있고
뒷내의 버들가지 유록장을 둘렀는데
꾀꼬리 펄펄 날아들고 오동 동백 지끈둥 부러지고
벽해상 갈매기 둥둥 방울새 떨렁
호반새 뚜루룩 장끼 끌끌떡
까치 후두두 날아든다

청강 녹수 기암 폭포수
이 골물 저 골물 양 골물 합수되어
폭포에 뚝 떨어져서 물결은 출렁
거품은 북저글 흘러가니
천하명산 이뿐이다

---

8) 봄 성에 꽃이 만발하였다.

한라산 노래

한라산 상상봉 높고도 높은 봉
이야웅 백록담 이야웅이라
이야웅 하는 곳이라
이야웅 이야웅 그렇고 말고야
곱기도 영 곱네 좋기도 영 좋네

고량부 삼성이 나오신 곳은
이야웅 삼성혈이라
이야웅 하는 곳이라
이야웅 이야웅 그렇고 말고야
곱기도 영 곱네 좋기도 영 좋네

산에 들 가면은 목동의 노래요
이야웅 바당에 오면은
이야웅 해녀의 노래라
이야웅 이야웅 그렇고 말고야
곱기도 영 곱네 좋기도 영 좋네

평양 팔경가

승지 강산 명승고적 곳곳이 일렀건만
금수강산 빼난 절경 평양밖에 또 있는가
을밀대도 좋거니와 부벽루 더욱 좋다
강심에 용배 띄워 달을 보고 잔을 드니
청류벽 나는 꽃잎 춘흥을 자랑한다

능라도 세류지細柳池에 꾀꼬리 드나들고
모란봉 푸른 산에 앵화가 만발하니
세상의 호걸 남아 구름같이 모여든다

영명사 종소리에 옛 회포 일어나네
선유船遊는 못할망정 모란봉은 부디 찾소

양양히 흐르는 물 점점이 떠도는 배
꽃 같은 청춘들이 부르나니 태평가라

일배 일배 부일배로 취흥이 도도하고
물색은 은은하여 밤 가는 줄 몰랐으니
떠날 언약 지킬쏜가

소요逍遙에 빈 배를[1] 어죽魚粥으로 채우고서
버들 숲에 몸 쉬우니
삼산반락청천외요 이수중분백로주라
하늘이 내신 경개 눈에 차고 몸에 넘쳐
밤 가는 줄 모를레라

말 없는 물길이요 자취 없는 세월이라
옛사람 내 못 보고 지난 영화 꿈같으니
아득하다 오늘 이곳 삼춘가절 산영수山影水[2]에
금수강산 유유히 이서하니
마음이 쾌락하고 신기가 상쾌하구나
정든 친구 모인 곳에 아니 취코 무엇 하리
이 강산 이 승지에 청춘가절 허송 말고
걱정 없이 살아 보세

---

1) 산천 구경을 하느라고 배가 고픈 것을.
2) 산 모습이 강에 비치다.

평양 구경 노래

이때 마침 어느 때냐 양춘가절 분명하다
어화 친절 동무네들 이내 말씀 들으시오
꽃 피어서 만발하고 잎 피어서 왕성하고
농춘화답 뭇 새들은 쌍거쌍래 날아든다
만화는 방창한데 구경 가세 구경 가세
여러 동무 작반하여 명승지로 찾아갈 제
칠성문 앞 돌아들어 사방을 둘러보니
모란봉은 주산 되고 창광산이 안대로다
천천히 완보하여 최승대에 올라가서
사방을 망견望見하니
좌청룡 우백호에 대평양이 생겼구나
장성일면용용수長城一面溶溶水[1]는
만경대로 흘러내려 보통강과 합수되어
음양 배합이 되었구나
대야동두점점산大野東頭點點山[2]은
만고불변에 용감함이 군자의 절개로다

---

1) 성 한편 가에는 강물이 늠실늠실 흐른다.
2) 넓은 들판 동쪽 끝으로는 여기저기 산이 놓여 있다.

삼층 누각 대동문은 반공중에 솟아 있고
놀기 좋은 연광정은 운무 중천에 싸였구나
을밀 상춘에 오는 봄은 춘광 춘색 분명하다
보통문 송객정은 이별 아껴 설워 마라
인간 이별 만사 중에 고금 이래 이별이라
영명사를 돌아들 제 목탁 소리가 처량하다
현무문을 구경하고 일보 일보 걸어가니
능라도 수양버들 실실이 늘어졌네
황금의 꾀꼴새는 제 이름을 제가 불러
꾀꼬리 꾀꼴꾀꼴 청량하기 짝이 없다
반월도에 물소리는 강안江岸에 수심을 자아낸다
청류백을 옆에 끼고 양각도羊角島를 망견하니
강안에 색채를 더욱이도 자아낸다
휘황한 정신으로 일보 일보 내려와서
대동강에 세수하니 새 정신이 드는구나

죽장망혜 단표자로

죽장망혜 단표자로[1] 천리 강산 들어가니
산은 첩첩 천봉이요 물은 출렁 백호로다
기암은 중중 절벽 간에 폭포 청파 내려오고
산간 운심 적막처에 보라매 수진매
종달새가 흑운을 무릅쓰고 벽공을 툭툭 차며
시루룩 시루룩 날아들고
꽃이라 봉선화며 명사십리 해당화는 아침 이슬 먹어 있고
화중왕 모란화는 나를 보고 반기는 듯
양류楊柳 천만사千萬事에 환우새 날아드니
삼천 우족羽族 다 모였다
그 가운데 청학 백학 앵무 공작 춤 잘 추는 학두루미
춘산에 흥이 깊어 너울너울 춤을 춘다
조고마한 따짜구리[2] 크나큰 황장목을 한아름 더뻑 안고
이리 가며 뚜들박딱 저리 가며 뚜들박딱 소리 한다
또 한 편 바라보니 풍년새가 날아든다
시화연풍하고 국태민안한데 그 흥을 이기지 못하여서

---

1) 대지팡이 미투리 신에 조롱박 차고.
2) 딱따구리의 경기도 말.

이 산에 가도 소쩍 저 산에 가도 소쩍 소쩍 울음 울고
또 한 편 바라보니 귀촉도⁴⁾ 날아든다
파촉巴蜀 강산 원혼으로 못 돌아간 한을 이기지 못하여
이 산에 가도 귀촉도 불여귀 저 산에 가도 귀촉도 불여귀
귀촉도 귀촉도 슬피 운다
또 한 편 바라보니 뻐꾹새가 날아든다
이 산에 가도 뻐꾹 저 산에 가도 뻐꾹 뻐꾹뻐꾹 울음 운다
또 한 편 바라보니 원산은 중중 근산은 첩첩
절로 진 장목이며 늙어진 고목이며
상수리 참나무와 절절 노송은 울울 침침하다
예가 어드메냐 명승이 아니냐

---

4) 귀촉도와 불여귀는 모두 두견새의 다른 이름.

고고천변 일륜홍

고고천변일륜홍皐皐天邊日輪紅[1] 부상扶桑[2]에 둥실 높이 떠
양곡暘谷에 잦은 안개 월봉으로 돌고
예장촌 개 짖고 회안봉 구름이 떴다
노화는 다 눈 되고 부평 물에 둥실 떠
어룡은 잠자고 잘새는 날아든다
앞발로 벽파碧波를 찍어 당기며
뒷발로 창랑滄浪을 탕탕 요리조리 조리요리
앙금달실 높이며 동남을 바라봐
지광地廣은 칠백 리 파광은 천일색[3]
천외天外의 십이봉은 구름 밖으로 멀고
금수강산 일천 리 안하眼下의 경개로다
만경대 구름 속에 학선이 울어 있고
칠보산 검은 구름 허공에 둥실 높이 떠
산은 층층 높고 물은 출렁 깊었는데
이 골물이 쭈루룩 저 골물이 꼴꼴

- '수궁가' 가운데 한 대목인데, 문학성도 높고 소리가 좋아 판소리 단가로 독립되어 많이 불렸다.
1) 높은 하늘가에 떠오른 둥글고 붉은 해.
2) 동쪽 바다에 해가 뜨는 곳.
3) 땅은 칠백 리요 푸른 물결은 하늘과 맞닿아 있다.

열에 열 골물이 한데 합수쳐

천방져 지방져 방울져 언덕져

언덕져 방울져 사주 불러 두둥그리져

건너편 언덕에 마주 꽝꽝 사르릉 꼴꼴

흐르는 물은 산양수로 돌아든다

만산은 우루룩 국화는 점점

벽수는 뚝뚝 강송은 낙락 해월이 무광에

녹수 진경 남난두루미 날아든다

치어라 보느냐 만학은 천봉

내리 굽어보느냐 백사지 땅이다

허리 굽고 늙은 장송

광풍을 못 이겨 우줄우줄 반춤 춘다

녹음은 우거지고 방초는 숙어져

앞내 버들은 유록장 두르고 뒷내 버들은 청포장 늘어져

한 가지 찌어져 한 가지 늘어져

춘비춘흥을 못 이겨 흔들흔들 노닐 적에

삼월이라 삼짇날에 연자燕子는 펄펄 날아들어

옛집을 다시 찾고 혼접은 분분 나뭇가지 속잎 난다

가지가지 꽃 피어 아마도 네로구나

이런 경치가 또 있는가 아니 놀고 무엇 하리

유산가

이때는 삼춘 호시절이라
한 곳을 바라보니
원산은 중중 근산은 첩첩
기암은 층층 장송은 낙락
간수澗水[1]는 잔잔 비오리 둥둥
두견 접동은 좌우에 넘노는데
열없는 따오기 이 산으로 가며 따옥 울음 울고
또 한 편 바라보니
숙작새 숙국숙국 울음 울고
또 한 편 바라보니
만리산 갈까마귀 차돌도 돌도 못 얻어먹고
태백산 기슭으로 갈곡갈곡 울고
층암 절벽간에 홀로 우뚝 섰는 고양나무 곁을
벌레 먹고 좀먹어 속은 아무것도 없이 텅 비었는데
부리 뾰족 허리 질룩 꽁지 뭇득한 따작고리[2] 거동 보소

■ 조선 후기 십이 잡가의 하나다.
1) 산골 시냇물.
2) 딱따구리.

크나큰 대부등³⁾을 한아름 드립떠 흠썩 안고

두두덕 꿉벅 구을리는 소리

근들 아니 경일쏘냐

---

3) 아름드리 굵은 나무.

평생에 명산 승경 보랴 하니

부모 생육하야 내 몸이 자라나서
평생에 원하기를 명산 승경 보랴 하니
무엇 무엇 좋다더냐

정이삼사월이면 두견화 보기 좋고
오뉴월이면 녹음방초 더욱 좋고
동지섣달이면 화미춘광[1] 설중매 더욱 좋다
이러한 사시경四時景에 아니 노든 못하리라

초옥 삼간에 짚자리 한 닢 펴고 청풍에 누웠으니
만학에 흰 구름은 울안에 장장하고
홍련화 지당池塘에 붉어 있다

아침날 밝아오매 밤 줍는 아이로다
이삼척 동자들이 어젯밤 춘풍 세우에
앞 냇물 맑았더냐 황독[2]을 비껴 타고

---

1) 꽃이 아직 피지 않은 이른 봄.
2) 누런 송아지.

냇놀음 가자스라

갈잎같이 작은 배와 주리주리 맺은 그물
만경창파 너른 물에 여울여울 놓아 놓고
코코이 걸린 고기 잔 놈을랑 소꼴 치고
굵은 놈은 회를 쳐서 연잎에 던져 놓고
화준에 덜 괸 술을 박잔에 가득 부어
일배 일배 또 마시니 강호 청흥淸興 이 아니냐

산천가

산이 높고 물이 맑아 절승 경개 이뤘는데
높은 데는 밭이랑 낮은 데는 무논이라

아침이면 연장 메고 밭도 갈고 논도 풀어
저녁이면 소 잔등에 달빛 싣고 돌아온다

가을날 청명하고 바람조차 시원한데
십리 벌 금파 만경 넘실넘실 춤을 춘다

산이 높아 명승이냐 물이 맑아 절승이냐
오곡이 무르녹아 무릉도원 이뤘도다

우리 나라 가요에 대하여

우리 나라 가요는 오랜 전통을 가지고 있다.

아득한 옛날부터 우리 인민은 노동을 즐겨하였을 뿐 아니라 노래도 좋아하였다. 고구려에서는 해마다 10월에 가을걷이가 끝나면 남녀노소가 한데 모여 흥겹게 노래를 부르고 춤을 추었는데 그것을 '동맹東盟'이라고 하였다. 예濊의 '무천舞天'과 부여의 '영고迎鼓'들도 다 제천 의식으로서 수많은 사람들이 한데 모여 노래도 하고 춤도 추면서 즐기었다. 이러한 노래와 춤은 당시 인민들의 노동에 대한 기쁨과 행복에 대한 지향을 반영하는 것으로 볼 수 있다.

고대 인민들의 생활은 노래와 깊이 연결되어 있다. 노래 자체가 노동 속에서 태어났으며 인민들은 노동을 통하여 삶을 개척하고 거기서 희열을 찾았다. 집단 노동과 군중 행사 등에는 낙천적이며 씩씩한 노래들이 불렸다.

산 좋고 물 맑은 아름다운 강토에서 노동과 생활을 즐기며 부른 옛 조상들의 노래 속에 우리 민족 문학과 예술은 깊이 뿌리를 내렸으며 오늘에 이르기까지 줄기차게 흘러 내려왔다.

오랜 역사를 거쳐 인민들이 창조한 우리 가요에는 자주적이며 창조적인 생활을 지향하여 벌여 온 우리 인민들의 투쟁과 생활이 진실하게 담겨 있다.

고대에는 수많은 인민 창작들이 있었으며 가요는 그 가운데서 중요한 자리를 차지하였다. 그러나 우리 글자가 없었으므로 원형 그대로 전해지지 못하고 한

자로 기록되어 전해졌는데 그 수가 매우 적다.

봉건 지배층은 인민 가요를 천시하였다.

고구려 가요 '내원성', '연양', '명주곡'과 백제 가요 '선운산', '무등산', 신라 가요 '여나산' 들은 당시 인민들 속에 널리 불렸던 노래들이다. 그러나 봉건 지배층은 '속되고 상스러운 노래'라고 하여 의식적으로 없애 버렸다. 내용은 전하지 않고 노래 이름만 전하는 것이 40여 편이 된다.

신라 진성 여왕과 조선 연산군은 인민들이 노래로 왕을 비방한다고 하여 탄압하였으며 연산군은 한글을 쓰는 것까지 금지하였다.

888년에 《삼대목》이라는 향가집이 편찬되었다는 기록이 있으나 전하지 않으며 그 후 600여 년 동안 민간 가요는 한 번도 수집, 정리되지 못하였다. 15세기 중엽부터 16세기 초에 걸쳐 일부 음악가들과 학자들이 《악학궤범》, 《악장가사》, 《시용향악보》 같은 음악 서적을 편찬하였는데, 그 가운데 고대 가요 몇 편이 실려 있다.

15세기 중엽에 《용비어천가龍飛御天歌》, 《월인천강지곡月印千江之曲》과 같은 지배층의 사상 감정을 반영한 시가들은 여러 차례 출판되었으나 인민 가요는 관심조차 받지 못했다.

16세기 이후에도 인민들이 창작한 가요들은 여전히 천시되어 제대로 수집, 정리되지 못했고, 한 번도 집대성할 기회를 가지지 못하였다.

우리 나라 고전 가요들은 14세기 이전과 이후로 나누어 살펴볼 수 있다.

14세기 이전 가요는 현재 전하는 것만 보아도 내용이 매우 다양하다. '영신가迎神歌'처럼 고대 인민들의 노동 생활과 건국 신화가 결합된 것이 있는가 하면 '동동'처럼 일 년 열두 달의 소박한 농민 생활이 노래 속에 흐르는 것도 있고, '정읍사'와 같이 여인의 애정이 넘쳐흐르는 노래도 있다. '공후인'에서는 죽은 남편을 따라 물에 빠지는 여인을 통하여 부부간의 애정을 잘 보여 주고 있다.

고려 때 가요들은 내용이 더한층 풍부하며 아름답다. '청산별곡', '서경별곡'

같은 절가 형식의 가요에는 당시 인민들의 굳건하면서도 다정다감한 생활 감정이 넘쳐나고 있다. 그리고 한자로 번역된 고려 가요 중에도 당시 인민들의 선량한 성품과 근면한 생활, 간절한 염원 들이 반영되어 있다.

《삼국유사》와 같은 문헌을 통해 전하는 참요들에는 당시 사회 경제 제도와 통치자들에 대한 인민들의 강한 비판과 저주가 담겨 있다.

14세기 이후 가요는 내용을 크게 사회 정치에 관한 것과 노동에 관한 것, 그리고 생활 일반에 관한 것 들로 나눌 수 있다.

사회 정치를 반영한 가요 가운데는 외래 침략자를 반대하는 내용과 봉건 통치배를 반대하는 내용이 가장 큰 비중을 차지하고 있다.

외적이 조국을 짓밟을 때마다 우리 인민들은 용감무쌍하게 싸워 적을 물리쳤으며 투쟁 과정에서 애국적인 내용을 담은 노래들을 지어 불렀다.

일상적으로 인민들을 괴롭히는 것은 봉건 통치배들과 양반들이다. 인민들은 통치자들과 오랫동안 투쟁해 왔으며 그 과정에서 수많은 노래들을 지어 불렀다.

참요에는 통치배들의 죄행과 부패상을 풍자적으로 폭로하고 어떤 사변이 닥칠 것을 예언하는 내용을 담았으며 19세기 후반에는 계몽 가요를 통하여 애국 계몽 사업을 반영하였다.

노동가요는 우리 나라 인민 가요의 기둥을 이루고 있으며 노래 수도 가장 많다. 노동가요는 노동의 종류와 노동하는 사람에 따라 여러 가지 형태로 다양하게 발전했지만 가장 중심되는 것은 농사 노래이다. 농사 노래는 농사 일반에 대한 노래뿐 아니라 씨를 뿌려 모를 가꿀 때부터 가을걷이를 하여 탈곡할 때까지 모든 공정들을 담고 있다. 그중에도 '모내기 노래'나 '김매기 노래'는 가짓수가 많고 내용도 풍부하다.

여성 노동가요로는 길쌈 노래가 가장 발전하였다. 물레 노래, 베틀 노래, 삼삼기 노래 들은 가락과 가사가 다양하다. 여성 노동가요의 공통된 특징은 사사조 가락이 많고 유창하다는 것이며 그중에는 긴 이야기를 조용한 가락에 태워 펼쳐 나가는 것도 있다.

노동가요 가운데는 뱃노래도 수가 많으며 가락이 아름답다. 사나운 바다와 싸우며 일하는 뱃사람들의 노래라 힘차면서도 멋들어지며 낙천적인 분위기가 풍긴다.

'풀무 노래', '달고 소리', '톱질 노래' 들은 수공업과 관련된 노래이다. 쇠를 다루고 건축물을 일떠세우는 내용을 담고 있어 노래들은 구절구절 힘이 있고 호흡이 거세차다.

생활 일반에 관한 가요에는 부녀 가요, 민속 가요, 애정 가요, 세태 가요, 서사 가요, 자연에 대한 가요, 동요 들이 속한다.

부녀 가요에는 봉건 제도 아래에서 이중 삼중으로 고통받으며 살았던 여인들의 삶이 담겨 있다. 제한된 삶 속에서도 우리 여인들은 생활을 사랑하고 부모를 받들고 금이야 옥이야 아이들을 길렀으며 부닥친 고통을 조용히 참아 나갔다. 이런 생활에서 우러나온 노래이므로 부녀 가요는 구속에서 벗어나려는 마음을 담고 있으면서도 그 정서가 소박하고 조용하다.

생활 일반에 관한 가요들은 정치 가요보다 사상성이 강하지 못하고 노동가요처럼 집단정신이 담겨 있지는 않지만, 당시 시대상이 소박한 말과 가락 속에 잘 반영되어 있다.

정형시 형식의 가요로서 가장 오래된 것은 향가이며 향가에는 4구체 향가, 8구체 향가, 10구체 향가가 있다. 그 가운데서 가장 완성된 형식을 갖춘 것은 10구체 향가이다. 10구체 향가는 마지막을 이루는 종장 첫머리에 감탄사가 있는 것이 특징이다.

14세기에 많이 창작된 경기체 가요는 노래 끝에 '경 긔 어떠하니잇고'라는 후렴을 다는 것이 특징이다.

우리 나라 가요 형식에서 또한 지배적인 것은 민요 형식이다.

민요 형식은 종류가 수없이 많을 뿐 아니라 특정한 규범이 없으며 주로 가락에 맞추어 불렀다. 그러므로 민요 형식의 노래에는 음절 단위의 율조들이 중요

한 역할을 한다.

우리 말의 특성에 따라 3음절을 단위로 한 삼삼조와 2음절의 결합을 단위로 한 사사조는 우리 나라 가요 운율의 기본을 이루고 있다.

삼삼조와 사사조는 서로 넘나들기도 하고 엇바뀌기도 하면서 각양각색의 다양한 조화를 이루어 수다한 율조를 탄생시켰으며 그 율조들은 수많은 민요 가락을 이루고 있다.

우리 민족의 가요 유산을 올바로 계승 발전시키기 위해서는 옛날 가요들이 가지고 있는 시대적 제약성과 부족점 들을 정확하게 인식하여야 한다.

고가요는 오랜 옛날에 창작되었으므로 시대적 제약성이 많다. 고가요 중에서 민요 성격을 띤 노래들은 인민의 의사와 생활 감정이 적지 않게 반영되어 있지만, 향가, 경기체 가요, 신앙 가요 들에는 부정적인 요소가 강하다.

《삼국유사》에 수록된 향가들은 불교 색채가 짙다. 그중에도 '원왕생가' 나 '도솔가' 는 불교를 신비화하고 있다. 균여의 향가는 불교 사상이 《삼국유사》의 향가보다 더 강하다. 그것은 작가인 균여가 중일 뿐 아니라 향가 자체가 불교를 알리려는 목적으로 씌여졌기 때문이다.

경기체 가요는 봉건 유교 사상이 강하게 반영된 가요로 양반 벼슬아치들과 유생들의 풍류 생활은 있어도 인민의 정서와 감정은 들어 있지 않다. 대표작이라 할 수 있는 '한림별곡' 에는 중국 서적들의 이름이 나열되어 있는가 하면 온갖 술 이름이 나열되어 있다. 이 노래도 정형시로서 형식미를 갖춘 데만 문학사적 가치가 있다.

14세기 이후 가요들에도 시대적 제약성에서 오는 결함들은 수많이 나타나고 있다.

노동가요들 중에도 '국태민안' 이니 '시화연풍' 이니 하고 당시 불합리한 봉건 사회 제도를 찬양한 것이 있는가 하면, 임금을 섬기며 '국곡' 을 먼저 바치자고 강조한 것들도 있다. 봉건 통치배들이나 봉건 제도를 바로 보지 못하였을 뿐 아니라 그것을 지지하고 찬양하였던 것이다.

부녀 가요나 신세를 한탄한 노래들에는 당시 인민들이 겪는 모든 불행을 '팔자소관'으로 돌리면서 체념한 노래들이 많다. 현실의 고통을 뼈가 저리도록 느끼면서도 고통의 원인을 불합리한 사회 제도에서 찾은 것이 아니라 죄 없는 자신한테서 찾은 것이다.

생활의 고통을 견디기 어려웠던 일부 사람들은 신을 믿고 '다음 세상'을 믿었으며 '신령'이 복을 가져다 줄 것을 바랐다. 서사 가요의 '이공 본풀이'나 '창세가'와 같은 가요들은 당시 생활 풍속, 종교와 미신을 아는 데 참고가 된다.

세태 가요란 병들고 허물어져 가는 시대상을 나타낸 가요로서 그 속에 울분도 있고 비탄도 있고 반항 정신도 살아 있기는 하지만, 적지 않은 노래들이 자포자기에 흐르거나 저속한 감정을 반영하고 있다.

이밖에도 옛날 가요에는 과학성이 부족하고 지나친 과장과 유형화된 감정들이 진실성을 잃게 하는 등 여러 가지 결함과 부족점 들이 있다.

우리는 지난날의 가요 유산을 역사주의 원칙과 현대성의 원칙에 튼튼히 서서 하나하나 따져 보며 긍정적인 측면들을 적극 발양시켜야 할 것이다.

《가요집》은 고대부터 19세기 말까지 우리 나라 가요를 정리 편찬한 것이다.

가요란 가락에 맞추어 부르던 노래를 통틀어 이르는 말로 옛날에는 '가歌'와 '요謠'를 나누어 '가'는 음악과 함께 부르는 노래, '요'는 음악 없이 부르는 노래로 해석하기도 하였다. 이 해석도 가요라는 말이 포괄하는 범위가 매우 넓다는 것을 말해 준다. 가요는 노래라는 말과 거의 같은 뜻으로 쓰였다.

이 《가요집》은 고대부터 전해 내려온 우리 나라 가요들 가운데서 사상성이 높은 것, 인민들의 생활이 잘 반영되어 있는 것, 민족 정서가 풍부한 것, 시대상이 반영되어 있는 것, 형식미가 갖추어져 있는 것 들을 가려 뽑았다.

궁중에서 부르던 '아악'이나 봉건 통치배들이 부르던 노래는 제외하고 인민들이 직접 지어 부른 노래들을 기본으로 하여 인민들의 사랑을 받으며 인민들 속에 유포되던 노래들을 되도록 많이 수록하였다.

고대 가요는 기준을 달리하였다. 고가요는 그 시대의 가요 형식, 언어, 시대상들을 이해하는 데 필요한 문헌적 가치가 있으므로 인민이 직접 부른 노래가 아닌 것들도 수록하였으며 종교 관습과 봉건 유교 사상에 기초하고 있는 가요들도 수록하였다. 그러나 인민의 삶과 많이 어긋나는 가요들, 곧 균여가 지은 향가의 많은 부분과 여러 편의 무당 노래와 일부 참요 들은 제외하였다.

또한 고려 때 시인 이제현이 쓴 '악부시' 들은 수록하였다. 이제현이 쓴 악부시들은 자기 시상을 가지고 쓴 시라기보다 당시 민간에 널리 퍼져 있는 민요들을 그대로 번역한 것이기 때문이다.

여러 문헌들에 실려 있는 참요는 특별히 다루었다. '참요' 라는 말 자체가 비과학적이며 내용이 매우 모호한 것들도 많으나 그 노래들이 다 지배 계급과 불합리한 사회 제도에 대한 인민들의 비판 정신을 반영하고 있기 때문이다.

중세 가요에는 한자가 수없이 많으며 봉건 유교 사상이 많이 반영되어 있으나 그런 가요들도 역사적으로 가치가 있어 수록하였다. 민간 신앙과 관련된 무당 노래도 당시 사회를 이해하는 데 참고하기 위해 몇 편을 수록하였다.

19세기 후반 망국의 비운을 반영한 세태 가요들도 그 시대상을 반영하여 나온 것이라는 뜻에서 수록하였다.

가요의 분류는 시대순에 따른 분류 방법과 내용에 따른 분류 방법을 함께 사용하였다.

고대부터 14세기 말까지의 고대 가요는 크게 시대순으로 분류하고 그 안에서 표기 수단을 가지고 다시 분류하였다.

14세기 이후 가요들은 내용에 따라 분류하였다. 이 시기에는 이두로 표기된 가요는 없고 한자로 번역된 가요들이 있기는 하나 한글이 제정된 다음에 한자로 번역된 가요란 별로 의의가 없으므로 취급하지 않았다. 다만 참요만은 한자로 번역된 것을 포함시켰다.

가요는 되도록 중복을 피하였으나 긴 가요의 한 부분이 다른 가요의 한 부분과 같다든가 서로 비슷하나 다른 특색을 가지고 있는 가요들은 양쪽을 다 보여 주었다. 표기 방법은 현행 철자법을 기본으로 하면서도 고가요는 옛 표기들을 그대로 두었으며, 가요의 특성을 살리기 위하여 사투리, 와전된 말 들을 그대로 두었다. 전달자의 잘못이나 잘못된 기록으로 뜻이 통하지 않거나 반대로 되는 것들은 바로잡았다. 가요의 해제나 주석은 되도록 간단히 달았다. 한자로 번역된 가요나 이두로 표기된 가요는 내용을 이해하는 데 도움을 주려고 노력하였으며 한자나 이두의 해독에는 관심을 돌리지 않았다. 사연이 있는 노래들은 되도록 그 사연을 밝혔으며 일부 가요들은 그 가락에 대해서도 설명을 하였다.

사투리는 내용을 이해하지 못할 만큼 심한 것이 아니면 주석을 달지 않았으며 문법이 틀리거나 말이 앞뒤가 맞지 않는 것도 내용을 이해할 수 있는 정도면 주석을 달지 않았다. 모르는 말들도 그대로 두었다.

우리 나라 가요의 정리와 편찬은 앞으로 더 널리 연구하여 계속 완성해 나가야 할 것이다.

1. 노동가요

노동가요는 우리 나라 가요의 중심을 이루고 있다. 노동을 통하여 인간의 모든 재부가 창조되고 사회와 역사가 발전하느니만큼 노동가요는 인민이 함께 창작하고 함께 부른 노래라고 할 수 있다. 그러므로 노동가요는 가장 생활적이고 가장 인민적이며 건전하다.

사람들은 노동가요를 부르면서 서로 힘을 합치고 피로를 덜며 흥겹게 일을 하였다.

노동가요는 당대 인민들의 부지런한 일솜씨와 낙천적인 성격을 보여 주고 있는 동시에 양반 지주들과 봉건 관료배들의 착취에 반항하고 인민들의 비참한 생활 처지를 보여 주고 있다.

노동가요의 운율은 노동에 따르는 동작과 긴밀히 연관되어 있다. 높은 노동강도를 요구하는 보리타작 때 부른 노래, 풀무 노래 들은 그 음조가 짧고 급한 것이 특징이며 베틀 노래, 바느질 노래와 같이 동작이 느린 작업 과정에서 불린 노래들은 대체로 느린 율조를 가지고 있다. 노동가요들을 남성 노동가요와 여성 노동가요로 나누어 본다면 남성 가요에는 짧고 급한 것이 많으며 여성 가요에는 느리고 긴 것이 많다.

노동가요 중에서 가장 많은 노래가 농사 노래다. 땅에 씨를 뿌릴 때부터 가을걷이를 하여 방아를 찧을 때까지 모든 과정에 노래가 있으며 그 노래들은 풍부하고 흥겹다. 특히 그중에서도 두레를 무어 하던 모내기와 김매기에는 수많은 노래들이 불려졌다. 온 들판이 농민들 노래로 뒤덮였다고 할 수 있다.

농사 노래는 메기는소리와 받는소리가 있거나 합창구로 후렴 또는 반복구를 가지고 있다. 논김을 맬 때 한두 사람이 높은 소리로 노래 앞부분을 부르면 모두가 따라서 후렴구나 반복구를 불렀다.

노동가요 가운데 농사 노래 다음으로 중요한 노래는 뱃노래다. 뱃노래 안에 평안도 일대에서 많이 불린 '배따라기'와 '봉죽 타령', 황해도 일대에서 많이 불린 '장산곶 타령' 등은 가사가 재미있고 곡이 유창하며 당시 어부들의 생활 처지와 사상 감정을 잘 표현하고 있다.

제주도 해녀 노래, 조개 잡는 노래 들은 일반적인 뱃노래와는 성격이 좀 다르나 해녀나 조개잡이 여인들도 배를 타고 다니며 물에서 수산물을 건져낸다는 의미에서 뱃노래에 포함시켰다.

풀무 노래는 공업 노동가요이며 달고 소리는 건설 노동가요이다.

2. 민속 가요

민속 가요에는 옛날 사람들의 풍속, 습관에 관한 노래들과 함께 민간에 유포된 설화와 관련된 노래들, 신앙과 관련된 노래들을 취급하였다.

놀음놀이, 음식과 의복 치장, 장례와 제사 등에 관한 노래들은 민속 가요의 기본이며 달거리 노래들도 고구려 때부터 전해 오는 전통을 가진 가요로서 일 년 열두 달 민간 행사와 풍습을 노래한 것들이다. 달거리와 함께 묶은 풀이 노래들도 생활 풍습을 반영하고 있다.

민속 가요에 '굿우름', '귀신 쫓는 소리', '성주풀이' 들을 실어 민간 신앙이 인민들에게 어떻게 퍼졌는지를 윤곽이나마 알 수 있게 하였다.

3. 자연 가요

자연 가요에는 산천 풍경에 대한 가요, 달, 별, 비, 구름 등 자연 현상에 대한 가요, 동물과 식물에 대한 가요를 실었다.

동물을 노래한 가요에는 새 노래가 가장 많으며 나비, 벌 등 곤충들에 대한 노래, 소, 개 등 가축들에 대한 노래, 개구리, 두꺼비에 대한 노래 들이 있다.

식물 중에는 꽃노래가 가장 많고 나무 노래, 과일 노래, 담배 노래 들이 있다.

산천 풍경에 대한 가요는 단가, 잡가들을 비롯하여 '서경가'로 불리는 노래들이 매우 많으나 그중 조국 산천을 노래한 가요들을 가려 뽑았다.

자연을 노래한 가요에서 우리 조상들이 조국 산천과 그 속에서 살고 있는 새들, 꽃들, 벌 나비들을 얼마나 깊이 사랑하였는가를 살펴볼 수 있다.

엮은이 김상훈

김상훈은 1919년 경상남도 거창에서 태어났다. 어려서 한문을 공부했으며, 연희전문학교를 졸업했다. 학도병이 되기를 거부해 졸업하면서 바로 원산철도공장으로 끌려가 징용살이를 했다. 병으로 돌아온 뒤 항일 활동을 하다가 1945년 1월에 붙잡혀서 서대문 형무소에서 징역을 살았다.
해방 뒤 조선문학가동맹에 참여하여 왕성하게 시를 써 발표했다. 1946년에는 김광현, 이병철, 박산운, 유진오 들과 《전위시인집》을 펴냈다. 한국 전쟁 때 종군 작가로 전선에 들어갔다가 북에 남았다. 북에서는 시를 쓰는 한편, 고전 문학을 오늘의 세대에게 전하는 일에 힘을 쏟았다. 1987년 69세의 나이로 세상을 떠났다.
예부터 내려온 민간의 노래를 정리해 '가요집'을 엮었고, 우리 역사의 한시들을 골라서 '한시집'을 엮었다. 아내 류희정과 이규보 작품집을 두 권으로 엮은 것이 2005년에 《동명왕의 노래》와 《조물주에게 묻노라》로 남에서 출간되었다.

겨레고전문학선집 36

옹헤야 어절씨구 옹헤야

2008년 7월 30일 1판 1쇄 펴냄 | 2009년 6월 12일 1판 2쇄 펴냄 | **엮은이** 김상훈 | **편집** 김성재, 남우희, 이종우, 전미경, 하선영 | **디자인** 비마인bemine | **영업** 김지은, 백봉현, 안명선, 이옥한, 이재영, 조병범, 최정식 | **홍보** 조규성 | **관리** 서정민, 유이분, 전범준 | **제작** 심준엽 | **인쇄** 미르인쇄 | **제본** (주)상지사 p&b | **펴낸이** 윤구병 | **펴낸곳** (주)도서출판 보리 | **출판 등록** 1991년 8월 6일 제 9-279호 | **주소** 경기도 파주시 교하읍 문발리 파주출판도시 498-11 우편 번호 413-756 | **전화** 영업 (031) 955-3535 홍보 (031) 955-3673 편집 (031) 955-3678 | **전송** (031) 955-3533 | **홈페이지** www.boribook.com | **전자 우편** classics@boribook.com

ⓒ 보리, 2008 | 이 책의 내용을 쓰고자 할 때는 보리 출판사의 허락을 받아야 합니다. | 잘못된 책은 바꾸어 드립니다. | 값 30,000원

ISBN 978-89-8428-548-4 04810
        978-89-8428-185-1 04810(세트)

이 책의 국립중앙도서관 출판시도서목록(CIP)은 e-CIP 홈페이지(http://www.nl.go.kr/cip.php)에서 볼 수 있습니다. (CIP 제어 번호: CIP2008002153)

이 책은 한국문화예술위원회의 문예진흥기금 지원을 받았습니다.